［新版］

麻薬常用者の日記

アレイスター・クロウリー 著
植松靖夫 訳

I 天国篇

国書刊行会

THE DIARY OF A DRUG FIEND

BOOK I PARADISO

Written by ALEISTER CROWLEY
Translated by YASUO UEMATSU

Kokushokankokai Inc.

THE DIARY OF A DRUG FIEND
BOOK I-PARADISO
by ALEISTER CROWLEY
1922

麻薬常用者の日記〔新版〕

Ⅰ天国篇

目次

日本語版への序

フランシス・キング

時折、無気力と憂鬱に苛《さいな》まれることはあったが、アレイスター・クロウリーは大概《おおむね》、肉体的にも知的にも非常に活発な人生を送ったと言えよう。六十歳近くまでスキー、スケート、登山をこなし、終生、チェスを楽しみ、魔術とヨガを実践し、手紙・論文・詩・随筆・小説、さらに映画の脚本にまで手を染めて、絶えず筆を折ることがなかった。

「金にもならぬのに書き散らすのは阿呆だけだ」と断言したジョンソン大博士とはちがい、クロウリーが筆を執る主な動機は、自分の感情や思想を他人に伝えたいという気持ちにあった。生前は、彼の著書は大半が私家版だった。クロウリーの作品が当時はごく一部の読者にしか関心をもたれないようなものだったということとは別にして、彼は商業出版に乗り出そうという努力を殆《ほと》ど、あるいは全くしなかったのである。

しかし、『麻薬常用者の日記』は例外だった。ロンドンの著名な出版社、ウィリアム・コリンズ社から刊行されて、文藝批評家ジェイムズ・ダグラスの批判を浴びるまでは、そこそこの売れ行きを見せたのである。ダグラスはこの作品を「ヘロイン賛美の書」と評し、「卑猥」だとも言った。そして、ジェイムズ・ジョイスの『ユリシーズ』と共に批判の俎上《そじよう》にのせて、「汚物と猥褻物」以外何も見あたらぬときめつけたのである。

『麻薬常用者の日記』に対するもっと公平な批評が『タイムズ文藝補遺』の匿名批評家により提示された。匿名氏は、この作品にはド・クインシーの『阿片常用者の告白』のような魅力は欠けているものの、「挿話と思想の豊かさ」が漲《みなぎ》っており、「恍惚感と絶望と、ことに饒舌とが走馬灯のように駆けめぐっている」と評した。

小説という体裁になってはいるが、『麻薬常用者の日記』は、クロウリー自らが研究した西洋隠秘学・古代宗教・ヨガ・タントラ教を基に発展させた魔術的宗教体系である〈魔術〉の中心教義を実は扱っているのである。この中心教義は『エルの書』[1]〔即ち『法の書』〕に「汝の意志するところを行なえ」という言葉で要約されている。なお、『エルの書』はクロウリーが「力と火」の新時代《アイオン》を告げる福音書と見做《みな》していた書である。「汝の意志するところを行なえ」という標語は、クロウリーがよく説明していたように、決して「自分の好きなことをしなさい」という意味ではなく、「自分の奥にある自我の性質、宇宙での自分自身の適切な役割を見つけ出し、できる限りその役割を果たしなさい」という意味なのである。これをクロウリーは「汝自身の〈真の意志〉を見つけよ」という意味でも端的に表現している。〈真の意志〉についてのクロウリーの教えは彼の作品全般、特に『麻薬常用者の日記』にとって、きわめて重要なので、多少詳しく説明する必要があろう。

この教えはクロウリーが『エルの書』の一語一語についてよく考え、深く思いをめぐらせた上で出て来たものではあるが、今はまず五箇処挙げておくのが妥当であると思われる。

すべての男女は星である。(2)

汝の意志するところを行なえ。これこそ〈法〉のすべてとならん。

〈罪〉の言葉は〈抑制〉である。おお男よ！　本人が意志するのならば、汝の妻を拒《こば》むなかれ！　おお愛する者よ、汝が意志するのであれば、なすがよい！　分割されたものを統合できる絆は愛以外にないのだ。他の一切は呪いである。（中略）自らの意志を行なうよりほかに、汝には何らの権利もありはしない。
それを行なうのだ。しかも、他の誰にも否《いな》と言わせてはならぬ。
なぜなら、目的に手加減を加えることなく、それでいて結果ばかりを追い求める欲動から解放された、純粋な意志というものは、あらゆる点で完璧なものだからである。(3)

つまはじきにされた者や適応力に欠ける者などとは、私たちは何の関わりもない。そうした手合いには困窮にあえぎながら死んでもらうよりほか致し方ないのだ。彼らは鈍感で話にならないからである。同情というのは王侯たちにとっては悪徳である。（中略）これが強者の法である。これがわれらの法であり世界の歓びなのだ。(4)

わが友人たちのなかには隠者たらんとする者もいる。そうかといって、森の中や山の上で彼らを見つけようなどと考えてはいかん。実は紫の床《とこ》の中にいるのだ。（中略）汝らは彼らが統治しているところを、勝ち誇る軍隊に所属しているところを、あらゆる歓びをかみしめているところを目の当たりにするであろう。しかも彼らの内には、これより百万倍も大きい歓びが宿っているはずなのだ。(5)

　変化などに思いを巡らすなかれ。汝らはあるがままの自分であって、他のものになりはしない。したがって、地上の王たちが永遠に〈王たち〉であり続けるのだ。(中略)だが、仮面をかぶっている者たちがいるのだ、わが下僕たちよ。向こうにいる乞食が〈王〉かもしれぬ。(6)


「すべての男女は星である」というのは、一人一人の人間が独自の存在で、宇宙の中で自分だけの居場所をもっている、という意味である。そこで、『エルの書』によれば、人間は「神の目には平等」ということにはならないことになる。何故なら、もし宇宙にいる一人一人の人間――一つ一つの「星」――がほかのどんな「星」とも違っているとしたら、どの「星」も全く同じ筈《はず》がないからである。(7)

『エルの書』からの二番目の引用で、最も重要な部分は「自らの意志を行なうよりほかに、汝には何らの権利もありはしない」という箇処である。言いかえれば、個人にとって本当の自由とは、必要性というものを認識することなのである。「星」は自らの〈真の意志〉を発見し、宇宙の中での自らの相応《ふさわ》しい位置を見つけ出し、その位置につかねばならないのである。傲慢になったり、まちがった道徳観をもったりして、自分の〈真の意志〉に従おうと努力している他の「星」に対して制約を押しつけてはいけない。

例えば、もし或る「星」の〈真の意志〉が会計士になることにあるのならば、それは会計士にならなくてはいけない。詩人とか建築家として生計を立てようとしてはならない。

こういう言い方をすると、「汝の意志するところを行なえ」というクロウリーの原理が日常生活に容易に応用できることは明らかである。我々が今まで出会ってきた人たちの人生は、心理的物質的危機にさらされてばかりいてひどく不幸なものであった。というのも、彼らは自分に相応しくない生き方をしてるからそうなるのだ。例えば相応しくない仕事に就いているとか、あるいは自分の〈真の意志〉は独身をとおすことであるとか同性愛に向かうことなのに、社会の慣習に従って結婚してしまったとか。

自分の〈真の意志〉を発見した者こそが、既述の『エルの書』の第三番目に引用にある「王たち」なのである。彼らは「星」として自分に相応しい位置を占めているので、自分の領地を治めている君主のように、自分の役割（詩人であろうと、兵士であろうと、街頭の掃除夫であろうと）を果たすのである。

『エルの書』からの四番目の引用は、〈真の意志〉に従って行動する王たちに、同情は禁物だと忠告している。つまり、同情というものは不幸な人間を助けることができないのである。不幸になる原因は、自分の心の奥の性質に反したことをしている、つまりしかるべき位置につかずにいる星となっているところにあるのだ。不幸に終止符を打つために必要なのは同情ではなく、惨めな連中が自らの〈真の意志〉に従おうと意識的に決断することなのである。それができれば、金持ちであろうと貧乏であろうと関係なく幸福になれるのである。なにしろ〈真の意志〉に従う乞食は王になるのだから。引用の最後にあるように、「向こうにいる乞食が〈王〉かもしれぬ」のだ。

　自分の〈真の意志〉を発見するということは必ずしも一筋縄では行かないとクロウリーは断言している。この世に生を受けた時から、他人が意識的にせよ無意識にせよ、〈真の意志〉に従って行動できないようにしてやろうと邪魔しつづけているのだという。両親も祖父母も、我々ではなく、彼らが正しいと思っている生き方を我々に押しつけ納得させようと躍起になっている。政治家は我々の物理的生活に対しても思想の自由に対しても制約を押しつけている。教師は因習的道徳という名の足枷《あしかせ》で我々の魂を拘束している。クロウリーに言わせると、その結果、個人の生活は、正しいこと（無論、その人にとって「正しい」ということ）を経験しようと意識の中で一瞬一瞬判断して決めながら続いて行くのではなく、外部の力で押しつけられた型に半ば反射的に従いながら過ぎて行くのである。乗り物を引合に出して譬えると、〈真の意志〉に従っている者はクロスカントリーに参加しているドライバーのようなもので、自分の目的に合っていると思った路をどこでも走れるのである。ところが自分の〈真の意志〉をまだ見つけていない者は鉄道を走る汽車の運転士みたいなもので、他人の敷いたレールの上を走るだけということになる。

『麻薬常用者の日記』はサー・ピーターとレディ・ペンドラゴンの二人が幸福を得ようと苦闘する姿を描き出している。サー・ピーターは麻薬——ヘロインとコカイン——によって幸福を追求するが、やがて二人とも「即座に恍惚感」をひき出してくれる薬物を常用し頼っても、結局は肉体的・精神的な惨めさ以外何も得られぬことに気づく。

この時、二人は『麻薬常用者の日記』の真の主人公たる「キング・レイマス」に出会う。レイマスは二人を自分の「テレピラスの〈僧院〉」に連れて行き、〈真の意志〉を発見させることによって救済しようとする精神的な指導者である。

『麻薬常用者の日記』の初版の最後に付した一節でクロウリーはこう述べている。

テレピラスの〈僧院〉は実在する。〈僧院〉もそのしきたりも正確に記載してある。そこでの修業は、如何なる情況の者にも有効であり、誰でも〈真の意志〉を発見し発展させうるのだ。

これは事実に基づいた発言である。『麻薬常用者の日記』の「キング・レイマス」はやや理想化されたクロウリーの自画像であり、「テレピラスの〈僧院〉」も同じように理想化されてはいるが、シチリア島の小さな町セファルーにクロウリーが設立した〈テレマ僧院〉を描いたものである。

実在の〈僧院〉は水道もガスも電気もひかれていないやや旧式な屋敷の中に、一九二〇年にクロウリーが創設した。定住者は、〈魔術〉を行なうためにニューヨークでの教員生活を捨てて来たレア・ハーシグと、ニネットというフランス人女性、そしてクロウリー自身だけだった。この三人のほかには、〈真の意志〉を発見して問題解決をはかろうとする訪問者が跡を絶たなかったが、その滞在期間は各人まちまちだった。こういった訪問者の中には著名な数学者J・W・N・サリヴァン、無声映画の今や忘れられたスター、ジェーン・ウルフ、そしてオーストラリアからシチリアへ渡るために貯金を使い果たした煉瓦職人のフランク・ベネットといった人達がいた。

自己を認識しようと訪れたものの、実際に〈真の意志〉を発見できるまで滞在した者は殆どいなかった。あるいは仮りに発見したとしても、自分の〈真の意志〉はクロウリーとその〈魔術〉になどこれ以上関わりたくないと言ってると断ずる者ばかりだった。

しかし、クロウリーの三人の弟子――オックスフォード大学出身の青年ラウール・ラヴデイ、それとジェーン・ウルフ、フランク・ベネット――は〈僧院〉で教示された方法によって、自分の心の奥の自己の性質、自分の〈真の意志〉を見つけ出したと信じていた。ラヴデイは、〈僧院〉の破壊をもたらすことになる或る情況の中で〈僧院〉で亡くなるが、ジェーン・ウルフとフランク・ベネットの二人は自ら辿り着いた精神的開眼の影響が甚大で、終生、クロウリーとその教えに忠実だった。

〈真の意志〉を発見するベネットの実体験を、『麻薬常用者の日記』に描かれているサー・ピーター・ペンドラゴンの自己発見までの経緯と比較してみると面白い。

当時クロウリーは自分の教えをもっと容易に他人に受け容れさせるために、その頃流行していた精神分析の用語である「潜在意識」を時折利用しては、〈真の意志〉も含めて人間の隠れたあらゆる面や力を説明していた。言いかえると、クロウリーは「潜在意識」という言葉を、フロイトのように狭い意味ではなくC・G・ユングの「無意識」に近い意味で使っていたのである。

或る日、クロウリーとベネットが〈僧院〉付近の海浜に坐っていた時のことだが、クロウリーは潜在意識を話題に上し、潜在意識と、〈真の意志〉を発見することとの関係について話し始めた。クロウリー曰《いわ》く、普通の開眼していない人間の場合は、潜在意識や潜在意識の内に宿っている〈真の意志〉と、意識的な精神とが分離していたり敵対関係にあったりするのだ。〈真の意志〉はいつでも表出しようとしているのに、意識がそれを制し、そのため不幸、ノイローゼ、場合によっては狂気さえ生み出すことになっているのだという。

クロウリーはさらにこう述べている。意識的精神と〈真の意志〉の間のこのような葛藤がもたらす最も不幸な問題は、性の問題とからんでいる。人間の生殖器は宇宙の創造力の証しであり、或る意味では神性なのだという。クロウリーによれば、生殖による創造を求める〈真の意志〉が欲求不満をおこすと病気、狂気、それに肉体的心理的死を招くことになるのである。

ベネットがこういった思想に出会ったのはこの時が初めてだとはどうも信じがたい。というのは、この思想はクロウリーが編輯した指導書用原稿であるタントラ的な著作の中に、時には明確に、時には暗にほのめかして書かれており、その著作の内容をベネットはよく知っていたはずだからである。(8) しかし、クロウリーの表現方法の何かが、ベネットがのちに開眼だと思うようになったあるものを喚起したのである。

〈真の意志〉を発見するために必要なのは、ただ「潜在意識」に耳を傾け、その指示に従うことしかないとベネットは思った。そしてもっと早く、若いうちにこのことに気づいたなら、多くの不幸、殊に女性にからむ不幸は随分回避できただろうにとベネットは感じた。というのも、ベネットは欲望とは悪しきものであり、抵抗しなくてはいけないと信じきった上で、自分の生来の欲望と格闘しつづけてきたからである。彼は日記にこう記している。「ああ、神よ。この忌々《いまいま》しい教えのお蔭で私は何という仕合わせをのがしてしまったのだろう。申し分のないほど健全な一人の男であるこの私は努力の限りをつくして、こういう自然な欲求を抑えつけてはみたが、その欲求は強くなったとは言わないまでも依然としていまでも力を失わないのだ」

開眼の結果、ベネットは意識が変化するのを体験した。その状態は三日に亘《わた》って続き、その間に彼は様々な幻視を見、さらに色々な啓示を受けた。こうしてベネットの人生は変わって行った。彼は日記にこう書いている。

過去の自分の人生を眺めてみると、私は正しい道を見つけようとして三十六年間過ごして来たことが分かる。十二年前に私は初めて〈野獣〉〔クロウリーのこと〕に出会い、その時、あまり気乗りしないままに、彼について行く決意をした。『法の書』〔『エルの書』〕を受け取って以来、ここ数年のうちに私は彼の教えを広めるために大いに働いた。しかし、彼と出会い、彼と共に〈僧院〉で生活するようになって、私は彼の内面生活を垣間見るようになった。彼の作業を実行すべき人たちに彼がひどく失望することもあった。私に失望するようなことだけはないようにしようと、私は心を決めている。私は生涯、彼の教えを広めて生きるつもりだからだ。大したことはできないかも知れない。だが、〈野獣〉の助けと、私自身の〈本当の自我〉――それを彼は私に悟らせてくれたのだが――の助けがあれば、相当なことができるかもしれない。なにしろ彼だけが、本当の潜在意識的な自我を知るように私を導いてくれたのだから。永遠に彼の名前が祝福されますように。そして、再び私が彼と一緒に生まれ変わり、再び彼の弟子となれますように。

三箇月後にベネットはオーストラリアに帰った。そして、クロウリーの教えを広めるという、自分の〈真の意志〉を実行して、その後の一生をすごしたのである。

『麻薬常用者の日記』を出版すれば、真理を求める新たな人達が〈僧院〉に集まって来て、ベネットのように〈真の意志〉を見つけ出し、〈魔術〉の研究に生涯を捧げてくれるだろうとクロウリーは思った。ところが意に反して逆の結果をもたらすことになってしまったのである。クロウリーはイタリアから追放され、〈僧院〉もおしまいになった。

「麻薬を恍惚として賛美している」としたジェイムズ・ダグラスの非難につづいて、ロンドンの『サンデー・エクスプレス』にはクロウリーと〈僧院〉を中傷する記事が数多く掲載された。「口にするのも憚《はばか》られるような乱交パーティ」が〈僧院〉で行なわれているとか、「シチリア島でアレイスター・クロウリーが主催しているおぞましいお祭り騒ぎを描いたこの小説は、堕落して発狂した狂人のたわごとさながらである」と『サンデー・エクスプレス』は書きたてた。

こういった批判が熾烈《しれつ》をきわめたため、『麻薬常用者の日記』の版元であるウィリアム・コリンズ社はこの小説を絶版とし、さらに既に前金まで支払っていたクロウリーの自伝の出版を見送った。

『サンデー・エクスプレス』はしばらく沈黙を守っていたが、〈僧院〉で暮らしていたクロウリーの熱心な弟子ラウール・ラヴデイが腸炎で死亡するや、それをうけて一九二三年二月にまた攻撃を始めた。ラヴデイの死はクロウリーの不注意が災いしたのだと『サンデー・エクスプレス』は暗に非難した。また『ジョン・ブル』誌に至っては、ラヴデイ殺害説をほのめかし、警察は調査すべきだと主張して、クロウリーを「邪魔な魔法使い」ときめつけた。一方、アメリカでは、『ハースト新聞』がクロウリーを食人者と非難するありさまで、ヒマラヤ登頂の際、人夫の一人を食べてしまったとまで言ってのけた。

世界中に知れわたるようになるとイタリア政府が戸惑いを見せた。五月にはどうにもならない事態が起こった。つまり、クロウリーは正式にイタリアから追放され、その二、三週間後には〈僧院〉も短かい歴史の幕を閉じることになった。

国外追放のそもそもの原因をつくったクロウリーの小説が、「恍惚たる麻薬賛美の書」だとする批判が当たっていないことは明らかである。それどころか、クロウリーの全著作は精神的肉体的拘束を強いるものに対していつも異議を唱えているのだが、この小説も、麻薬を常用することに対しては手厳しく批判している。

ただし、〈真の意志〉を見い出した「王の如き人間」による適度な麻薬の使用を勧めていることだけは認めねばならないが。秘儀を執り行なう際に使用するにしろ、他の場合に使用するにしろ、ここで勧められている使い方は「意志の下《もと》」での使用だった。つまり、自らの意志で使用するのであって、麻薬に狂った結果使用するのとは違うということなのだ。

論議を招きそうなこの見方を十分に理解するためには、まず一般論としては西洋隠秘主義の歴史の中で、薬物がどのような役割を果たしてきたか、また個別の問題としてはアレイスター・クロウリーとその一族の生涯の中で薬物が果たした役割を正しく認識する必要がある。

意識に変革をもたらす目的で、植物からとった薬物を使用するのは太古の昔から行なわれてきたことで、多分人類の歴史と同じくらい古いものであろう。メキシコからシベリアに至るまで世界中のあらゆる地域で、巫女とか、「原始的」魔術の遂行者らが薬物を使用して、「魂の梁《はり》をゆるめ」ようとしたり、意識の高揚感を体験しようとか、忘我状態に達しようとか、さらには神々・天使といった超人間的存在と接触しようとさえしてきた。〈黄金の夜明け団〉――クロウリーが初めて西洋魔術の伝統と邂逅《かいこう》する場となった秘密結社――を率いていた隠秘主義者たちは巫女を媒介にして行なう交霊術についての知識は持っていなかった。しかし、それに似たような、幻覚剤を用いて行なう別の伝統についての知識はもっていた。つまり、英雄たちに超常的な力を与える「魔術的な飲み物」にまつわる神話であるとか、古代ギリシアのエレウシス大密儀の秘儀参入者に与えられた「女神を見」られるようにしてくれる神秘的な物質であるとか、殊に古代インドの叙事詩に絶えず登場する**ソーマ**についてはよく知っていた。

神々の食物であると同時に、神々の秘密の性質を知りたいと思っている人間にとっても食物となる**ソーマ**が厳密には一体如何《いか》なる性質をもった物質なのかということは、これまで学問的な論議の的にもなってきたし、突飛な憶測を生む種にもなってきた。十九世紀には、ソーマは大黄《だいおう》の根を粉末にしたものだと言い出す変わり者まで現われる始末であったが、大黄は幻覚作用よりは下剤としての効果があることで知られる植物である。

しかし、現在一般に認められている説では、ソーマは確かに幻覚剤で、アマニタ・ムスカリア（紅天狗茸《べにてんぐだけ》）の可能性がきわめて高いとされている。紅天狗茸は白い斑点のある赤い傘状の毒茸で、少量服用すると恍惚感と幻覚を生み出す。[9] かつて紅天狗茸はヨーロッパ西部で広く使用されていたようで、例えばヴァイキングの兵士らが狂暴な「闘志」を燃えたたせるために使ったりしていた。ところが、中世になると、この茸の効用があまり注目されなくなってしまい、比較的最近になってから人類学者や薬理学者により再発見されたのである。しかしながら、この「魔法の茸」に意識を変化させる作用があることをどうやらクロウリーが知っていたらしいことを窺わせる証拠が、まことに奇妙なことながら存在しているのである。その証拠というのは、クロウリーの描いた或る絵をよく調べてみると出てくる。件《くだん》の絵は一九一八年に画かれ、後《のち》に『青い春秋分点』[10]誌に掲載されたもので、まず背景には恍惚とした表情の踊り子が一人いる。これは解放された人間精神の象徴としてよく使われる典型的な人物である。そして前景には枯れた樹が一本——日常的意識の崩壊を意味しているのかもしれない——が立っていて、その枝からは首をつった死体がぶらさがっている。これは、C・G・ユングの説を援用すると、或る意識の状態から別の意識の状態への移行を示す象徴であることが多いという。その樹の後ろからは、にやにや笑っている髭づらの大自然の精の姿がのぞいていて、明らかにごく普通の赤い紅天狗茸とやや珍しい黄金の紅天狗茸の変種とおぼしきものを守るように立っている。

この大自然の精が、クロウリーの親友の一人であるジョージ・セシル・ジョーンズ——クロウリーを〈黄金の夜明け団〉の名で知られる秘密結社に入れた人物——の容貌を備えていることは重要である。ジョーンズは化学者であったが、薬理学の研究者でもあった。ジョーンズが紅天狗茸の特性を知っていて、クロウリーに薬物について手ほどきをしたということは少なくともありうる事だ。ただし、残念ながらジョーンズと付き合っていた期間（一八九八—一九一一）にクロウリーが薬物実験を行なっていたという記録は残っていない。しかしながら、ジョーンズとクロウリーと、そして二人の親友であり〈黄金の夜明け団〉の秘儀参入者でもあったアラン・ベネットの三人が、無意識という名の秘密の宝箱の錠を開ける薬物を見つけ出そうと、植物や動物から抽出した物質で一八九九年に実験を行なっていたことは確かである。

ベネットは、喘息のためモルヒネを処方してもらってから、異常な意識の状態を体験してから、薬物の作用に関心を抱くようになっていた。しかし、あとの二人がどうして薬物の実験をするようになったのか、その契機《きつかけ》は定かではない。なにしろ、薬物の実験などというのは西洋隠秘主義の中でもやや清教徒的な〈黄金の夜明け団〉の教えとは、まるでそぐわない行為なのだから。ジョーンズもクロウリーも一五五〇年から一八〇〇年に至るヨーロッパの錬金術及び隠秘学の文献に関する知識は相当なものだったので、その類いの文献に薬物の抽出法が明確に、あるいは象徴的に、描かれていて、それで関心をもつようになったのかもしれない。例えば、エリアス・アシュモール編輯の錬金術詩文選『英国錬金術劇場』（一六五二年）に収められているジョージ・リプレーの詩などもあるし、あるいは、〈黄金の夜明け団〉の秘儀参入者なら大抵はよく知っているフランシス・バレットの『魔術師』（一八〇一年）にもそれらしき方法は描かれているのだから。(11)

三人が吸ったり、飲んだり、食べたりしてみた物質は数も多く、多岐に亘り、ハシッシュ、コカインといった風変わりなものから、ニクズク、ナツメッグといったありふれたものまで様々だった。全く効果がない場合も時にはあったし、意識を変えるどころか体調を崩すようなこともあった。後年、クロウリーは「英国中の薬物類を徹底的に試してみて、二回に一回は気分が悪くなった」と回想している。

しかし、この多少無鉄砲な実験のお蔭で、特定の薬物がどんな心理的効果を生みだすのか、正確に把握することができたし、中には驚くべき結果もあった。その証拠にクロウリーはジョーンズとベネットの助力を得て一八九九年に薬物と植物の分類表をまとめている。その一覧表は、薬物と神聖なる植物を試みとして三十二種類に分類してカバラの〈生命の樹〉の十のセフィロト（セフィラの複数形）と二十二の〈路〉とに対応させたもので、[12] クロウリー自身の著書『七七七』に収められた。なお、『七七七』は一九〇九年に発行された隠秘学的宗教的分類に関する試論である。

この分類表の中には、気まぐれとも奇怪とも思える箇処がある。例えば、ベラドンナ〔ナス科の有毒植物。ベラドンナエキスはその根と葉から採ったもので、鎮痛作用・瞳孔拡大作用がある〕は〈ビナー〉（理解）の名で呼ばれるセフィラに属すとされているのだが、そのわけは、〈ビナー〉が時にカバラ主義者によって「黒き大海」と呼ばれ、ベラドンナも瞳孔を拡大し、「黒い海」を造り出すから共通点がある、ということにすぎない。さらに重要なことに、クロウリーはソーマ——

既述のとおり多分例の「魔法の茸」つまり紅天狗茸のこと――をも同じく〈ビナー〉のところに分類している。これは実に興味深いことである。というのは、多くのシャーマニズム信仰者が「聖なる食物」としている紅天狗茸を少量服用すると、その心理的肉体的効果として、カバラ主義者の言う〈ビナー〉という概念・事物・過程の三者が合体した状態と極めて近い状態が生ずるからである。

薬物と植物と香料を分類して結びつけたクロウリーのやり方の中には、気まぐれな言葉遊びとしか思えないものがあるのも確かである。煙草は〈ゲブラー〉（活動的攻撃的生命原理）と互いに関連し合っているように分類されているが、これなどは煙草は「活動的男性が好む匂い」だとするジョーンズの示唆に基づいて分類したにすぎない。しかし、その一方で、メキシコのサボテンから採られる幻覚剤**アンハロニウム**（ペヨーテ）、ナツメッグ、ニクズクの特性を記した部分は心理学的にも薬理学的にも当時の科学を相当しのぐ洞察を示しているようである。

クロウリーはペヨーテ（アンハロニウム）をカバラの〈生命の樹〉の八番目のセフィラである〈ホド〉（光輝）に属すものとしている。〈ホド〉にはメルクリウス、ヘルメス、そのほか霊魂を冥界に導くとされている神々も属するように分類されている。

これらの神々の特性はまた〈生命の樹〉の第十二番目の〈路〉とも結びつけられており、さらに、クロウリーはこの〈路〉にナツメッグ、ニクズクといった香辛料をも属させている。比較的最近になって発見されたばかりで、クロウリーの生前には知られていなかったことだが、ペヨーテの一番重要な成分であるメスカリンは、薬理学的にも化学的にも、ニクズクとナツメッグに含まれている意識変革作用のある成分と、極めて密接な関係がある。さらに面白いことに、クロウリーが分類表を作成した時には全く文献がなかったような様々なアメリカインディアンの宗教では、ペヨーテを魂の指導者・教師として使用し、神格化して〈メスカリト〉の名で呼んでいたことが現在は知られている。これなどは薬物をメルクリウスなどの神々と結びつけたクロウリーの考え方と全く一致するものである。

ジョーンズとベネットの助力を得て実験を行ない、結論を纏《まと》めたのちの五年間というもの、クロウリーは、意識に変化を与える促進剤としての薬物には殆ど関心を抱かなかった。ところが一九〇六年、仔馬に乗って中国を四箇月に亘って旅行しているうちにクロウリーはアヘン吸飲の実験を始め、そしてアヘン吸飲が心身に有害な影響を及ぼすとする説はキリスト教の宣教師たちが誇張して言ってるにすぎないとの結論に達した。

　ヨーロッパに帰ってからもクロウリーは時折アヘンを吸うようになったが、その時はジェーン・チェロンと一緒のことがよくあった。この女性は『麻薬常用者の日記』にエデ・ラムルーとして実物どおりに描かれている。クロウリーはアヘンに続いて、ペヨーテ（アンハロニウム）とハシッシュの二つの薬物についても綿密な研究をした。その結果、共に「物質の帳《とばり》の裏に隠れた〈世界〉の扉」を開く有効な道具となることを発見し、特にペヨーテには甚《いた》く感銘を受けて、一九一〇年以降は自らも服用し、また数多くの者にも服用させた。アンハロニウムによるクロウリーの実験を受けた者の中には、〈エレウシス大密儀〉の目撃者となった者もいる。これは神々を召喚する一連の儀式から成り、公にはロンドンの〈カクストン・ホール〉〔ロンドンのセント・ジェイムズ公園附近のカクストン街に在る〕で執り行なわれていたが、さらに慎重を期しながらクロウリーのアパートで行なわれた。

　ヨーロッパの隠秘主義者は儀式を公に行なうことは滅多にないし、部外者にたいして幻覚剤を供することもまずしない。クロウリーはこの二つのことをしたわけだが、どうしてそういうことをしたのかということは、隠秘主義の秘儀の伝統と薬物使用に対する彼の態度とからめて考えると大変に面白いことである。

一九一〇年の初め頃、クロウリーは愛人のライラ・ウォデルと弟子の一人であるヴィクター・ノイバーグ、そして大半は無名の作家・画家である大勢の男女と共に、ドーセットにあるマーストン中佐宅に滞在していた。マーストン中佐はやや変わり者の退役海軍将校で、変人仲間と一緒に、太鼓のリズムが中流階級の英国人女性の性的特質にどんな影響をおよぼすか調べたことがあるような人物だった。

クロウリーは、〈マルス〉を始めとする軍神たちのとる一つの姿でもある精霊〈バルトザベル〉を呼び出して一時的にノイバーグの精神を支配させるよう魔術的儀式を執り行なうことになったということである。ともかく儀式はしかるべく行なわれて、クロウリーは自作の召喚詩を朗唱し、ライラ・ウォデルはヴァイオリンで軍神〈マルス〉に相応しい音楽を奏で、ノイバーグは〈バルトザベル〉に取り憑かれるまで——あるいは自分でそう思いこむまで——踊った。

すると、忘我状態《トランス》に入ったノイバーグがヨーロッパの将来の政治情勢を預言し始めたのである。その預言は驚くほど精確で、第一次世界大戦も、トルコ帝国・ドイツ帝国の崩壊も予見されていた。

その場に居合わせた少数の出席者たちは皆深い感銘を受けた。もっと正式な儀式を公の場で行なってはどうかと提案する者も現われた。クロウリーはその案を感激しながら受けとめた。一般の人たちに自分の教えを広めるいい機会だと思ったのである。そこで、クロウリーは七種類の儀式を文書にしてみた。一つは太陽に捧げ、もう一つは月に捧げ、あとの五種類は古代の人間が知っていた五つの惑星に一つずつ捧げるのである。

若き女流詩人エセル・アーチャーは公の場で行なわれたこの儀式に何度も出席し、後年、いつも同じやり方で始められた儀式の模様を書き記した。それによるとエセルと夫君と、その他出席者全員は控えの間にとおされ、そこで、床の上に置かれたクッションに腰をおろし、クロウリーが「愛すべき杯」と呼んでいるものを相伴したそうである。その飲み物は、彼女の感じでは腐ったリンゴに似た味の液体だったという。

実は、その愛すべき杯の中身は、フルーツジュース、コニャック、「アヘンのアルカロイド」(即ちモルヒネ、ヘロインのいずれか一方もしくは両方とも)、さらにクロウリーが茶目っ気たっぷりに「ぼくがヨーロッパに持ち込んだ不死の霊薬」と言っていたが本当は紅天狗茸のエキス、といったものの混合物だったのである。エセル・アーチャーはそれを飲むとエネルギーが湧いてきて、元気になったと言っている。しかし、クロウリーが期待していたような恍惚状態、陶酔感を彼女は得ることはなかったそうである。

ロンドンの『スケッチ』の記者はその点運がよかった。月の儀式の模様について記者氏が記している文章によると、ノイバーグが月の女神をもてなした。

踊りは気品があり美しく、部屋のまん中で疲れ果てて倒れるまで踊り続けた。〔中略〕彼が倒れると、クロウリーは未発表の或る美しい詩で女神に哀願した。〔中略〕私達は骨の髄までぞくぞくとなり、〔中略〕クロウリーがあれほど熱心に追求している恍惚感を殆どの者が確かに身をもって体験した。〔中略〕会合の間、手品のようにさっと行われた儀式を私は理解できたと言うつもりはない。〔中略〕しかし、催しは全体としては深い感銘を与える、藝術的なもので、出席者たちの心の中に、クロウリーが「黄金の道を偉人は辿ったのだ、〈神〉に向かって手を伸ばすがいい」と記した時に彼自身抱いていたに相違ない感情を湧きおこさせたのであった。

〈エレウシス大密儀〉にペヨーテを用いて成功したため、クロウリーは、薬物こそ「魂の梁をゆるめ」物質界の彼方にある意識の不可思議な領域へと人間精神を入り込ませてくれる理想的な化学的方法だと得心することになった。クロウリーは魔術の儀式を行なう際に頻繁に薬物を用い、著名なものとしては一九一四年に行なった一連の儀式である**〈パリ作業〉**でも用いている。薬物はクロウリーが『第四の書』を書きあらわす契機となった数々の出来事にも登場している。なお、『第四の書』は『アレイスター・クロウリー著作集』第一巻（国書刊行会）に収められている。その出来事については当該書に附した私の序に詳しく記してある。

既述のとおり、クロウリーはペヨーテを、メルクリウスら死霊を冥界へ導く神々と同じカバラのセフィラに帰属させた。しかし、経験を積むにつれて、ペヨーテの効果が〈ネツァク〉（勝利）のほうと調和する場合も時にあることを知るようにもなった。〈ネツァク〉はヴィーナスその他《ほか》愛の女神たちが属するセフィラである。クロウリーはこう書いている。即ち、ペヨーテは「或る気分の時はヴィーナスにふさわしい官能的な幻覚をひきおこすこともあるが、別の気分の時には（中略）メルクリウス的な自己分析の力を与えてくれる」

クロウリーは幻覚作用があるということでペヨーテ（アンハロニウム）、ハシッシュ（カナビス・インディカ）などの薬物を利用したが、それによって肉体的もしくは心理的な不都合・障碍を経験することは一切なかった。ただし、ヘロインだけは体のほうが手ばなせない状態になっていた。ヘロインを始めたきっかけは、隠秘学とも秘儀とも関係ない。一九一四年、無能な医者が、クロウリーが子供の頃から苦しんでいた喘息の発作を抑えるため処方したのが始まりである。

喘息の発作にはヘロインが特に効くわけではないのだが――朝鮮朝顔のほうが処方としては賢明だったろう――クロウリーは効いたと思ったのである。しかし、時と共に、服用する量が増えていって、一九二〇年には『麻薬常用者の日記』の主人公たちみたいに、常用者となってしまっていた。

クロウリーはなんとか立ち直ろうと涙ぐましい努力を重ね、その奮闘ぶりを『ツァバの書』即ち「軍隊の書」と名づけられた日記中の未公刊の部分に記している。そしてなんとか一日の量を減らすことはできたものの、すっかりやめることはできなかった。薬によってクロウリーの体質がすっかり変化をきたし、心理的にも肉体的にもヘロインがなくてはいられなくなったのである。

　すると、『麻薬常用者の日記』は逆説的な作品ということになる。〈魔術〉が如何にヘロイン中毒を癒せるかということを描いているのに、実はその中毒を克服できなかった〈魔術〉の〈大祭司〉の手に成る作品だからである。

注

（1）『エルの書』の詳細、及びクロウリーが如何にして超自然的存在からこの書を霊感によって受け取ったかについては、『アレイスター・クロウリー著作集』第四巻（国書刊行会）の序をご覧いただきたい。
（2）『エルの書』第一章第三節。
（3）『エルの書』第一章第四十―四十四節。
（4）『エルの書』第二章第二十一―二十二節。
（5）『エルの書』第二章第二十四節。
（6）『エルの書』第二章第五十八節。
（7）クロウリーは『エルの書』の「星の詩」の意味について本質的には同じようなものではあるが、やや違った表現で解釈を下している。一九三〇年代に記した短い文の中でこう言っている。

あらゆる出来事は、ある一つの単子《モナド》がその単子に可能な一つの体験と結びつくことによって生ずる。「すべての男女は星である」とは、すべての男女がそういった体験の集合体であり、新たな出来事が生ずると共に絶えず変化をして、その新たな出来事に彼ないし彼女は意識的にもしくは無意識のうちに影響されているということだ。

(8) タントラの流れを汲む『書《リベル》』は『アレイスター・クロウリー著作集』第四巻（国書刊行会）に全文収録。

(9) 大量に服用すれば命とりになる。少量でも恐ろしく効き目がある。十八世紀にシベリアで生活する部族を調査していたスティーヴン・クラセニコフの記録によると紅天狗茸を服用する者は「様々な幻覚に襲われ、そのため、激しい恐怖にさいなまれる者もいる。また、小さな裂け目を戸口くらい広いと思う者や、湯舟に張った水を見て海のように深いと思う者も中にはいる」。無論、これは今日のＬＳＤその他の幻覚使用者が時折経験する「悪酔い」を想起させるものである。

(10) 『青い春秋分点』はクロウリーが発行した隠秘主義の一種の雑誌形態の百科全書だが、詳細は『アレイスター・クロウリー著作集』第四巻の序をご覧いただきたい。

(11) ジョーンズ、クロウリー、ベネットの三人が、一八九〇年代フランスの隠秘主義復活の立役者スタニスラス・ド・ガイタの文書の影響を受けたことも考えられる。

(12)

ド・ガイタとその一派は「魂を解放」しようとコカイン、ハシッシュ、モルヒネで実験を行っていた。しかし、これは時に不幸な結果を招き、ド・ガイタの仲間のうち少なくとも一人――エドゥアール・デュピュ――がモルヒネ中毒に陥った。デュピュは自分でモルヒネを注射中に心臓発作で死亡した。

カバラの概説、ならびにクロウリーその他の西洋魔術師が用いた照応表の使い方についての詳細は『アレイスター・クロウリー著作集』第二巻『トートの書』に附した私の序をご覧いただきたい。

人類をあらゆる束縛から解放せんとする
ヘラクレスさながらの努力を綴ったこの物語を私は
「テレピラス」の〈テレマ僧院〉にて〈聖杯〉を守る〈処女守護天使〉、
《アロストラエル》
と若き会員
《アスタルテ・ルル・パンテア》
に捧ぐ

序

本書は実話である。

個人の人権を守るため必要な場合に限り、修正を加えた。

本書は恐るべき物語である。しかし、希望と美の物語でもある。

我々の文明が臨んでいる奈落を明瞭に描き出している。

しかし、同じく明瞭な〈光〉によって、人間の道を照らし出している。足を踏みはずしたとすれば、それは自分が悪いのだ。

この物語は、人間の一つの弱さについてだけでなく、（類推によって）あらゆる人間的な弱さについてもあてはまる内容となっている。救済の道は一つしかない。

グランヴィルが言ってるように、人間は意志さえ弱くなければ天使たちに支配されることもなければ、死にさえ完全に支配されることはない。
汝の意志するところを行なえ。これこそ〈法〉のすべてとならん。

アレイスター・クロウリー

天国篇 BOOK I PARADISO

ある夜の受勲者

第一章

そう、確かにぼくは鬱《ふさ》いだ気分になっていた。

でも、あの日の出来事だけのせいで、そんな気分になっていたわけじゃないと思う。無論、飛行のあとには必ず、一種の反応がでてくるものだが、精神面よりも肉体的な面に影響が現われるものだ。たとえば口をきかなくなるとか、ごろごろ寝ころがって煙草を喫《す》ったりシャンパンを飲んだりといった具合に。

ところが、ぼくの場合、そんなのとはまるで違う惨めな気持だった。これは上級の航空兵なら誰でもすぐに身につけることだが、ぼくも自分の心をじっと見つめるということをやってみた。すると本当に自分が恥ずかしくなってしまったのだ。概して、ぼくはこの世で一番運の良い男だと言ってもよいくらいだった。

戦争というやつは波みたいなものだ。波に洗われる程度ですむ奴もいれば、すっかり呑みこまれて命を落とす奴もいるし、砂利浜に打ち上げられて体がばらばらになっちまう奴もいる。ところが、気まぐれな運命の手など届きようがない、遥か彼方の黄金に光輝く砂浜まで打ち上げられてしまう奴も中にはいるのだ。

説明することにしよう。

ぼくの名はピーター・ペンドラゴン。父は次男坊で、子供の時分には、ぼくのモーティマー伯父さんと口喧嘩ばかりしていたそうだ。父はノーフォーク州〔英国イングランド東部の州〕の一般開業医だったが、生活はひどく困窮していた。結婚しても事態はちっとも好転しなかった。

しかし、それでもなんとかお金を工面して、ぼくに幾許《いくばく》かの教育は受けさせてくれた。開戦の時、ぼくは二十二歳で、ちょうどロンドン大学で医学博士の中間試験に合格したばかりだった。

それから、さっき言ったとおり、波がやってきたのだ。母は赤十字のために尽くして、戦争が始まったその年のうちに死んでしまった。ひどく混乱した世の中で、半年も過ぎてからやっと母の死が伝えられる有様だった。

停戦になる直前に父は流感にかかって命を落とした。

ぼくは空軍に入隊していた。かなりの武勲をあげたものの、どういうわけか自分にも、また自分の戦闘機にも、信頼を置くことができなかった。飛行隊の隊長からは、お前さんは一流の飛行士にはなれっこない、とよく言われた。

「おい、お前さんにはね、素質がないんだよ」と隊長。この人はまるで意味のない形容詞を使って喋る癖があるんだが、何故かそれが巧く効を奏して、如何《いか》にも素晴らしいことを言ってるように聞こえるのだった。

「お前さんが無難にやってこられたのは、頭が分析的にできてるからだな」

なるほど、そうだろうと自分でも思う。だからこそ、こんなことをこまごまと書き綴っているのだろう。ともかく、終戦の時、ぼくは気がついてみると勲功士《ナイト》の称号を頂戴していた。これはどなたか知らないが、お役人の手違いのせいだったのだろうと、ぼくは今もなお固く信じている。

さて、モーティマー伯父さんのことだが、伯父さんは相変わらず自分の殻に閉じこもったまま、如何にも伯父さんらしい生き方をしていた。不機嫌で気むずかしい金持ちの独身だったが、ぼくたちは風の便りにも伯父さんのことは一言だに耳にすることはなかった。

伯父さんが亡くなったのは、一年ほど前のことである。驚いたことに、ぼくがたった一人の遺産相続人で、年五、六千ポンドのお金とバーレイ邸を相続することになってしまった。バーレイ邸はケント州にある実に素晴らしい屋敷で、すっかり富裕な青年になりおおせていたぼくなどにとってでも好都合なくらい、街からも近かった。それに何と言っても一番よかったのは、ちょうどぼくの水上飛行機を飛ばすのにおあつらえ向きの、大きな人造湖があったことだ。

カートライト隊長が言ってたように、ぼくには飛行士の素質はないのかもしれない。でも、飛行機だけが唯一、ぼくの好きなスポーツなのだ。

ゴルフだって？　ゴルフ場の上を飛んでしまえば、下界でゴルフをやってる連中なんて、どうしようもないやくざに見えるものだ！　ちっぽけなくせに、偉そうな態度ときたらないね！

さあ、それじゃあ、ぼくの鬱いだ気持のことを話題にしよう。終戦がやって来た時、ぼくは一文なしで、失業状態だった。戦争のお蔭ですっかり参ってしまい、（たとえお金があったとしても）到底病院をつづけられるような心境ではなかった。つまり、以前とはまったく違った心理状態になってしまっていたのだ。空中で死闘をくりひろげている時の気分がどんなものか第三者に分かるだろうか。まるで自分はあらゆるものから疎外されているといった気分になるのだ。宇宙に存在しているのはただ自分自身と、自分が撃墜してやろうとねらいを定めている敵のドイツ人だけ。この時ばかりは何やら超然とした神々しい雰囲気に包まれてしまう。

だから、ここちよい田舎のそばの街路に佇んでいる自分の姿に気づいた時、ぼくはすっかり別の生き物になってしまったのだ。「ぼく」なんてものは、実はまったく存在していないんだとこれまで何度も考えたことがある。人間は何者かの表現の手段にしかすぎないのだ。自分は自分なのだと思っているのは、ただ幻想に捉えられているにすぎない。そんなふうにぼくはよく思う。

ああ、忌々《いまいま》しいことだ！　ぼくがどうしようもない野獣になり下がったことは明白な事実だ。言ってみれば、ぼくは腹が空きすぎていたため、色々な事を必死に考える暇すらなかったのだ。

やがて、弁護士から例の手紙が届いた。

これもまた初めての経験だった。一体、どの程度まで人間が他人に阿《おもね》ることができるものなのか、それまでは考えたことすらなかった。

「ところで、サー・ピーター」とウルフ氏。「こういった問題を片づけるには、無論、しばらく時間がかかるものでございます。大変に大きな、広大な屋敷でございますからね。でも、サー・ピーター、こういったご時勢ですから、私どもが経費として一千ポンドの普通小切手をサーにお渡ししても、まさかお怒りになることはございませんものと愚考致した次第でございますが」

ぼくはウルフ氏の事務所から出て初めて、あの人がどんなにぼくの仕事を必要としているのか気づいた。心配する必要などなかったのに。あの人はモーティマー伯父さんの財産を多年に亘《わた》ってきちんと管理して来たわけだし、ぼくにしてもそれをわざわざ新たに誰かに委《まか》せるなんてことはしそうもなかったのだから。

遺産相続の件で、本当にぼくを喜ばせてくれたのは遺書の中の一節だった。あのつむじ曲がりの伯父は戦争の間中、自分のクラブに陣取って、会う人会う人に向かって誰彼なくがみがみ小言を言ってたのだが、そのくせ、ぼくのやってる事だけはしっかりと誰かから聞いて情報を得ていたのだ。「危急に際して、我らが祖国の為に目ざましい功績をあげたこと」を理由に、ぼくを相続人にしたと遺書には書いてあった。

　これこそまさにケルト人ならではの精神構造である。全員が話し終ったというのに、一言も口をきかず、地球の中心目指してまっしぐらに地面の中を進んで行く何者かがそばにいるといった感じなのである。

　さて、それから事態は滑稽な進展をみせた。驚いたことに、すっかり捨てばちになりながら職探しに明け暮れていた乱暴者が、結局のところは、それなりに随分仕合わせ者だったということが分かったのだ。いってみれば、生死を賭けてやぶれかぶれで空中戦を演じている奴だって仕合わせなのと同じことだ。

　職探しの男にしろ、空中戦の男にしろ、運が悪かったからといって、絶望することはあるまい。ところが、富裕な街の青年のほうがずっと惨めだった。程度の差こそあれ、何もかもが嫌気の原因となり、焼きすぎの肉がでてきても、猛烈に腹が立った。ルーと会った夜、ぼくはひどく頭にきていて、何が何だかよく分からないうんざりした気分で、喫茶「藤」《カフェ・ウィステリア》へ入って行った。ところが、その日の腹が立つような原因といえば、唯一、弁護士たちから送られてきた一通の手紙だけだったのだ。その手紙を、ぼくはノーフォーク州からバーレイ邸まで飛行機で飛び、それから車で街までやって来て、自分のクラブで見つけた。
弁護士のウルフ氏は、結婚にそなえて屋敷の一部を処分したほうがよろしい、とまあ気の利いた進言をしてくれた。それから管財人を雇う件に関して、ちょっとしたいざこざがあった。ぼくは法律ってやつが大嫌いだ。ひとが切角《せつかく》気を利かせて何かしようとすると、それをいちいちご叮寧《ていねい》に邪魔するためにあるみたいなものなのだから。とは言っても、勿論《もちろん》、正式な手続が無くては困る。飛行機の場合だって、取り決めに従って離着陸しなくてはいけないのだから。しかし、それにしても、そんなものを気にしなくてはいけないというのは、恐ろしく厄介なことだ。

ぼくは軽く夕食をとろうと思った。本当に自分が必要としているのは血のかよった人間の友達なのだ、ということに気づくだけの分別がその時にはなかった。もっとも、そんなものはいないものだろうが。人間なんて皆、永遠に孤独なものだ。でも、まずまずの連中と付き合っている時には、そんなぞっとする事実はしばし忘れて、脳髄は自らの病――つまり思考という病――の激しい症状からなんとか立ち直ってくる。

ぼくの上司の言ったとおりだ。ぼくは考えすぎるのだ。シェイクスピアもそうだったけれど。だからこそ、あの作家は眠りを題材にあれだけ素晴らしい事を色々と書けたのだ。その内容はもう忘れてしまったけれども、その時その時、科白《せりふ》に感銘を受けて、ぼくはこう独りごとを言った、「この作家は自覚することの恐ろしさを知っていたのだ」と。

だから、ぼくが喫茶店にひょっこり入って行ったのも、実はそこに誰かがいてくれて、夜を徹しての話相手になってくれたらいいと願っていたためなのだと思う。話をするのは、ものを考えている証拠だと一般に思われている。ところが、大抵はそうじゃない。思考の緊張からのがれるために肉体が機械的にごまかしているだけなのだ。ちょうど、筋肉を動かしていれば、肉体は一時的に自らの重さ・痛み・倦怠感、それに自らの運命に対する予知を意識せずにすむのと同じことだ。

たとえ運命の女神の寵児となっている時でさえ、人間がどんなにひどい憂鬱な想いにかられ得るものか、誰にでも分かるだろう。これは文明病なのだ。ぼくたちは田舎者の茫然自失の状態を脱してはいるものの、まだきちんと発達していない未熟な段階にいるのだ。

ぼくは喫茶店に入り、大理石のテーブルについた。その時、死神と凄じい賭けをやっていた当時のぞくぞくするような快感――とくにフランスのことを強く思い出したが――がつかの間ながら甦ってきた。

店内に知り合いといえるような人間は一人も見当たらなかった。しかし、隣りのテーブルにいる二人は、少なくとも見覚えはあった。あの陰気で獰猛な野郎の方は誰でも知ってる奴だ。どこから見てもひとと一戦交えるために生まれてきたような体格をしているくせに、いざこざには一切関わりを持たない知性の持ち主なのだ。この矛盾する性質のせいで男はずいぶんと苦労をしてきた。ジャック・フォーダムというのが男の名前。六十歳だというのに、誰にも負けぬ残酷さと執念深さを誇る政治記者だった。テニスン〔英国の詩人。一八〇九―九二〕の言葉を借りると「牙を、その爪を血に真赤に染めて」〔*In Memoriam*, LVI, iv より〕いたような男だった。しかし、暇を見つけては、大層秀《すぐ》れた文章をものしているような男でもあった。世間と衝突しては失敗してきたものの、それがために、思想的に駄目になるとか、文体がまずくなるとかいうこともなかった。

この男の隣りにいるのはヴァーノン・ギップズという、ひ弱でおひとよしのジャーナリストだ。或る週刊誌の記事を、事実上一人で全部手がけていて、毎年毎年、多才な健筆ぶりを発揮し、ただただ根気よく書きつづけてはいるが、その根気も今ではすっかり慣れっこになって安直になってしまっている。

しかし、そんな生活をしながらも、この男には思うところがあった。つまり、自分はもっと秀れた事をするためにこの世に生を受けたのだ、と本能的に思うことがあったのだ。ところが、そのためにこの男はだんだん大酒飲みになってしまった。

ぼくは人体の七十五パーセントが水分だということを病院で知った。でも、ギッブズの場合は、昔の唄にもあるように、きっとマクファースンの親戚だったのだろう。マクファースンの息子というのは、

——ノアの娘を嫁にもらって、
すっかり水を飲みほして
洪水を台無しにしたやつさ。
そりゃあいつのことだから、
ほんとにそんなことをしでかしたんだろうよ。

きっとその水にゃ、三分《ぶ》かそこらは
グレンリヴェット〔シングルモルトのスコッチ・ウィスキー〕が混じってたのさ。

と、それから若いでもない年寄りでもない細身の人影が喫茶店へと入ってきた。だんご鼻でなけりゃ随分いい男に見えそうな顔つきだけれども、しかし、気ちがいじみた情熱にかられて何年も過ごしてきたせいで、やはりその美貌は既にそこなわれてはいた。青く冷たい目は落ち着きがなく、悪意に満ちていた。まるで闇に潜む何か汚らわしい動物でも見てしまったような気がぼくはした。つまり、何か盗めるものはないかと、きょろきょろ探している別世界からの侵略者でも見たような気がしたのだ。そのあとから重々しい足どりで、男のお先棒かつぎがやってきた。こいつときたら、やたら体がでかくて、ゴキブリみたいに嫌な奴で、ブラシもかけていない汚れた、まるで似合わないみすぼらしい黒い服を着ていた。顔はふくれたように大きなにきび面《づら》で、ひどく意地悪そうな目つきをし、しまりのない口からは爆撃を浴びた墓石さながらの無様な歯がのぞいていた。

例の一行が入ってくると店内がざわついた。なにしろ悪名高い連中で、その親分格になっているのがバンブル伯爵だった。店内の客たちも不穏な空気のにおいを嗅ぎつけたようだった。伯爵がぼくの隣りのテーブルの方にやってきて、途中でわざと足を止めた。人を莫迦にしたような笑いが口もとからこぼれ、二人の男を指差し、

「酔っぱらいバードルフ〔シェイクスピアの『ヘンリー四世』『ウィンザーの陽気な女房たち』などに登場するフォールスタッフの相棒で無頼漢兵士の一人。赤ら顔の臆病者〕と老いぼれピストル〔シェイクスピアの『ヘンリー四世』第二部、『ヘンリー五世』『ウィンザーの陽気な女房たち』に登場するフォールスタッフの一味。ホラ吹きで、いつもお金に困っている臆病者〕か」と怒りに鼻をひきつらせながら言った。

ジャック・フォーダムは間髪をいれず、当意即妙に切り返した。

「これは大声で、ボトムさん〔シェイクスピアの『真夏の夜の夢』に登場するアテネの織工で、森の中で芝居の稽古をする職人たちの一人〕」と、まるで何もかもリハーサル済みだったみたいに、すらすらとものを静かに応じた。

気ちがい伯爵の目つきが険悪な様相を呈してきた。一歩後退すると、手にしていた杖を振りあげたのである。ところが、フォーダムは、あれでもどうしてなかなかの古つわもので、伯爵がそうくるだろうと見越していた。若い頃にはアメリカの西部にまで足をのばしたことがある

くらいの男だから、フォーダムは喧嘩にかけては、知っておいて損のないことなら何でも心得ていた。まして、備えつけのテーブルを前にして腰掛けている無防備な男が、杖を持って自由に身動きのとれる男を相手にすれば、まるで勝目がないことくらいは百も承知だった。

フォーダムは猫さながらの素早さでさっと身をかわした。バンブルが杖を振りおろした時にはもう、テーブルの下にもぐりこんでいて、フォーダムはすぐさま相手の喉を鷲摑みにした。

喧嘩にさえ全くならなかった。老獪なつわものは、ブルドッグ顔負けの勢いで敵をふり回し、手をもちかえると、いやと言う程、勢いよく地面にたたきつけた。二秒もしないうちにケリがついたのだ。フォーダムに膝で胸を押えつけられたごろつきは、あえぎながら哀れっぽい声で、もうやめてくれと泣いてすがり、二十歳も年上のフォーダムに自分の方からわざと喧嘩を仕掛けていったくせに、乱暴なことをしちゃいかん、永年の友達じゃないか、などとほざいていた。

こうした騒ぎに出くわした時の周囲の連中の行動というのは、いつでもぼくの目には希代《けったい》に見える。ほとんど誰もが仲裁に入ろうとする素振りは見せるが、そのくせ実際に行動に移すのは誰一人いないのだ。

しかし、この時の騒動ばかりは、どうやら深刻なことになりそうな雲行きだった。老フォーダムがすっかり堪忍袋の緒を切ってしまったのだ。どうやら、このままでは膝で押えつけたまま、ろくでなしの息の根を止めてしまいそうな勢いだった。

ぼくはまだそれほど心の落ち着きを失ってはいなかったので、ウェイターの主任のところへ行って、店内の騒ぎをおしえた。快活で体格のいいフランス人の給仕長が騒ぎの輪の中へ割って入った。ぼくも手を貸して、フォーダムを伸びている敵の上から引き離してやろうとした。ところが、ちょっと軀《からだ》に手をかけただけですんでしまった。フォーダムはすぐさま我に返って、「六十対四十、六十対四十だ」とだけ大声で言って、昂奮している素振りも見せずに、静かに自分のテーブルにもどった。

フォーダムの声に、「おれは乗るよ」とちょうど騒ぎがおさまった時に喫茶店に入ってきた男が応じた。「だけど、何の賭けだい」

ぼくはその言葉を、夢でもみてるみたいな気持で聞いていた。なにしろ、注意力が急に散漫になっていたのだ。

バンブルは起き上がろうとしなかった。倒れたまま、哀れな声を出していた。ぼくは不愉快きわまりない光景から目を離した。すると巨大な球体がしっかりとぼくの目を捉えているのに気づいた。初めはその球体が目だということすら分からなかった。何とも滑稽な話なのだが、その時、一番最初に感じたのは三千メートルかそこらの上空を飛んでいると、どこからともなくこんなものが頭に浮かんでくるなあ、ということだった。実におかしな話だけれど、無線に入ってくる雑音を思い出して、ぞっとした。宇宙には自分のほかに何者あるいは何物かが存在しているんだぞ、と警告しているみたいな感じなのだ。これには、人間なんて永遠に一人ぼっちなんだと分かった時と同じくらい、正直言って恐ろしい気がした。

　ぼくは時間の中をすべり抜けて永遠の中へと入りこんで行った。なにか凄じい力の中に居るような気がしたが、その力が善なのか悪なのかは判然としなかった。まるでその時、自分が生まれたような気持ちがしたんだが、こんな事を言っても他人は理解してくれるだろうか。だけど、そんなふうにしか言いようがないのだ。

　それ以前のぼくの人生は全くの白紙だったという感じなのだ。歯医者でエーテルとか亜酸化窒素〔いずれも麻酔薬〕から意識が恢復《かいふく》した時の気分がどんなものか分かるかな、どこかお馴染みの場所へ戻ってきた時の気分がどんなものか。しかし、戻ってくる前にいた場所とは、実はどこにも存在しないのだ。それなのに、確かにそこに行っていたのだ。

そんな妙なことがぼくの身に起こったのだ。

ぼくは永遠の中から、無限の中から、あるいは人間の与《あずか》り知らぬ途轍もない活力に満ちた何とも名状しがたい意識的な或る精神状態から目覚め、その名状しがたい空漠たる精神状態が実は二つの広大な暗黒世界から成っていることに気づいた。ぼくは魔法使いにまつわる中世の物語に登場する或る幻のことを考え、それから、ゆっくり、ゆっくりと深みからすべるように抜け出して、その二つの世界が二つの眼であることに気づいた。次に、こんなことが頭に浮かんできた――ひどく莫迦莫迦しい冗談みたいな考えだが――その二つの眼は、少女の眼だ、と。

うめき声をあげている粗暴な伯爵の軀を前にしたまま、ぼくは今まで一度も見たことのない少女の顔を見つめていた。ぼくは独り語《ごと》を言った、「やあ、いいんだよ、ぼくの人生が始まった時から君のことは知ってるんだから」と。「ぼくの人生」とは言ったものの、ピーター・ペンドラゴンとしてのぼくの人生というつもりは毛頭なかったし、時間の中を延びて行く一人の人間の人生という意味ですらなかった。そうではなくて、そんなものとは違った意味で人生という言葉を使ったのだ、時間なぞとはまるで無関係の或るものを想いながら。

はっとしてピーター・ペンドラゴンはすっかり我に返り、ひょっとして自分は常識的な目で見れば何の変哲もない、とくに可愛らしいわけでもない女の子を、不躾《ぶしつけ》にもじっと見ていたのではなかろうかと思ったりした。

ぼくの心は俄《にわか》に乱れた。大急ぎでテーブルに戻った。すると、ウェイターたちが伯爵に、どうかお立ち上がり下さいませんかと促している時間が、まるで何時間にも及んでいるみたいに感じられた。

無意識のうちにぼくは飲み物を啜った。顔を上げると、もう少女はいなかった。


これからぼくはひどくつまらない取るに足りぬ御託を並べるつもりだ。ぼくが異常な人間かも知れぬという誤解を晴らす一助にそれがなってくれればいいのだが。

実は人間なんて皆、詰まるところは異常なんだ。なにしろ、一人一人がそれぞれ掛け替えのない独自の存在なのだから。でも、ぼくらは各人の本質的な姿などにはあまり拘泥せず、十把《じっぱ》ひとからげにして纏《まと》めて考えることができる。

だから、ぼくも同年齢のほかの大勢の若者と大して違ったところなど無いのだということをはっきりと分かってもらいたいのだ。それから、これはこの物語の核心となることだから、こういうことも言っておきたい。大袈裟な前置きをしたが、つまりこういうことなのだ。ぼくは自分の目撃したものにまるで興味なぞ感じはしなかったけれども、憂鬱な想いはぼくの心から消え失せてしまったのだ。フランスの諺にあるとおり「古きは新しきに取って代わられる」といったところだな。

その後、ぼくはこの事実を出発点にしてしっかりとした科学を創り出した民族がいることを知った。ことに日本人がそうだ。例えば日本人は「悪霊を追い払うために」四度柏手を打つ。もちろん悪霊を追い払うというのは言葉のあやで、実際には、柏手を打てば無気力になっていた精神が覚醒され、心を乱していた妄想の代わりに新しい考えが浮かんでくるということなのだ。新たな着想を得、さらにその着想が好ましいものなのだと納得するための術を日本人は色々ともっている。それについてはまたあとで書こう。

ともかく、あの時、ぼくの心は、激しいやり場のない険悪な怒りにかられた。どうして、何が原因で腹が立ったのか、その時はまったく分からなかったけれども、どうしようもなく腹が立っていた。喫茶店にいるのが我慢できなくなった。隔離病院にいるような心地だった。テーブルにお金を投げ置くと、それがころころところがって行ったのでびっくりした。ぼくは悪魔に追いかけられてるみたいに店を飛び出した。

そのあとの三十分くらいの事は、まるで何も覚えていない。ただ知性とは無縁の悪意に満ちた侏儒の世界に迷い込んだような心細さを感じていた。

気がつくと突然、ピカディリー〔ロンドンの繁華街〕に来ていた。と、耳もとに声がころがりこんできた。「やあ、ピーターじゃねえか。ひさしぶりだなあ。今晩、一杯やろうぜ」

話しかけてきたのは、まだ若い男前のウェールズ人。この男のことを、現代最高の彫刻家だと思ってる連中もいる。ところが、実は或る一門――「ずいぶん不愉快な連中」とだけ言っておくが――の信奉者だったのだ。

モデルにするのに好都合だという以外、この男は心の底では人間など無用だと思っていた。生きているようなふりをしている人間を見るとうんざりして、すっかり嫌になった。その嫌気が昂じて、ついには大酒を、しかも頻繁に飲むようになってしまった。男はぼくよりも遥かに大きな図体をしていて、まるでぼくを収監するみたいに、ぐいと腕を摑んだ。それから延々ととりとめのない思い出話をぼくに向かって浴びせかけるのだが、その思い出の一つ一つがこの男には信じられないほど嬉しいらしかった。

三十秒くらいの間、ぼくは頭にきていたが、腕をふりほどき、気づいてみると淀みない男のおしゃべりにまどろむくらい心は落着いていた。なかなかいい奴で、低能児——当時の子供はほとんどが低能児だったが——みたいなところがある反面、どうかすると、弱い光ながらも才能のきらめきにおおわれているその精神の暗い深部をのぞかせることがあった。

一体、ぼくをどこへ引っぱって行くつもりなのか皆目見当がつかなかったが、ぼくにはどうでもよかった。心の中はもう眠ってしまっていたのだ。目が覚めると、また例の喫茶店に坐っていた。

ウェイターの主任が、ぼくの連れに向かって熱っぽい口調で、お客さんは素晴らしい場面をお見逃しになりましたよ、などと喋った。

「フォーダムさんがあの旦那をもうちょっとで殺しちゃうところだったんですから」

なんだかぼくはその話を耳にすると場違いな気がして、くすぐったくなり、思わず声高に笑ってしまった。

「くだらん」と連れの青年が言う。「くだらんよ！　フォーダムって奴は何でもきちんと最後までやりとげるってことがないじゃねえか。いいかい、おれは愉しく夜をすごそうと出かけてきたんだ。向こうに行って、あそこの若い連中にこっちで食事をしようと言ってくれよ」

ウェイターは誰を呼んでこいと言われたのかよく承知していた。たちまち、数人が寄ってきて、ぼくにあたたかい心のこもった言葉をかけながら握手をした。ぼくには初対面の顔ばかりだった。ほんとうにひときわ目立った連中だった。一人はドイツ系のユダヤ人で、一目見た時、夏の暑い盛りに長いこと置き忘れたままにされた缶詰の豚肉を思いだしてしまった。しかし、この男は口数の少ない時ほど実行に移すといった類の人物で、その所業は人類最高の宝になっている。

それからもう一人、弁舌さわやかな感じの良い男がいて、もじゃもじゃの白毛頭で、妙にひきつったような笑みを浮かべていた。まるでディケンズの小説に出てくる誰かみたいだった。しかし、この男、当時の誰よりも劇場の活性化に大きな貢献をしていた。

ぼくは女性連中のほうは気に入らなかった。あの男たちには相応《ふさわ》しくないように思えたのだ。偉人というのはどうやら、奇人と遊び回るのを結構楽しむものらしい。昔の王様が道化や小人を相手に楽しんだのも同じ伝《でん》なのだろうと思う。「生まれながらの偉人もいれば、偉業を成しとげて偉人となる者もいるし、なかには無理矢理偉人におさまってしまう者もいる」しかし、いずれの場合にせよ、荷が重く双肩にのしかかってくるのが普通だろう。

フランク・ハリス〔アイルランドの文筆家。雑誌編輯の仕事にたずさわり、数多くの小説・評論などをのこした。一八五六―一九三一〕の醜いアヒルの子の話を覚えているだろうか。もし忘れたのなら、大いに忙しく働いて頑張ったほうがいいな。

飛行中、本当にあれくらい恐いものはない。つまり、自分自身が恐くなるのだ。場違いなところに来てしまったような気分、下界の様々な心安い馴染みのものが何もかも狂暴な敵となって、触れようものならなぐり倒そうと身構えているような気分に捉えられるのだ。

最初に握手した女は厚かましそうなデブの阿婆擦《あばず》れだった。思わず白い蛆虫を連想してしまった。害毒が体中から滲み出ているような女で、自惚《うぬぼ》れが強く、気取ってるくせに頭の中はからっぽなのだ。文学のことなら何でもおまかせ、と触れ込んでいたが、この女の知識なんぞは一から十まで受け売り。自ら筆をとって書いてみたところで、それはそれはもうどうしようもないたわごとばかりなのだが、この女の傘下にある三文文士どもの作品からの盗用だった。むき出しにしたこの女の肩に手を掛けていたのは、背の低い痩せた女で、十人並みのまあまあ可愛い顔立ちをして、子供っぽい素振りを見せてはいたが、わざとらしかった。下層階級の出のドイツの女だった。亭主はなかなか力のある下院議員だが、噂では女房の稼ぎで食っていることにされていた。それはともかく、もっとよからぬ噂もあった。二、三人のもの知りがぼくに教えてくれた話では、戦車をドイツ兵どもにこっそりくれてやったのは、あの可哀そうなマタハリではなくて、この女なのだそうだ。

さっき話した彫刻家の名前をぼくはオーウェンと言っただろうか。まあ、とにかくそういう名前だった。今もそういう名前だし、今後も芸術とやらが続く限り名前は同じだろうが。オーウェンは片手をテーブルにのせて、軀を支えながら、反対の手で椅子をひいてお客たちを坐らせた。ぼくは人形遊びをしている子供を思い出してしまった。

最初にやって来た四人が腰かけると、また二人、女性の姿が見えてきた。一人には前に会ったことがある。ヴァイオレット・ビーチだ。これがまた一風変わった女で、ぼくはユダヤ人じゃないかと思っている。黄色い髪の毛は「ものぐさペーター」〔H・ホフマン原作〕さながらにもじゃもじゃで、目にもあざやかな朱色のドレスに身をつつんでいた。こんな色を着るのは、皆に注目してもらいたいからだ。アパッチ族を気取って、片目が隠れんばかりにクリケット帽を目深にかぶり、火の消えた煙草を口にくわえていた。しかし、この女《ひと》には多少、文才があって、ぼくは心から再会を喜んだ。ぼくはたしかに初対面の人にはいつでもちょっと気おくれしてしまう、それは自分でも分かっている。握手をしながら、耳にとびこんで来たその声は、かん高いくせに弱々しく、まるで喉がどこかおかしいような変な声だった。

「ご紹介するわ、こちら——嬢《さん》よ」

名前は聴きとれなかった。ぼくの耳は、知らない名前や言葉はどうも苦手なのだ。まる二日までは経《た》っていなかったけれど、あとになって、レイラムといったのだと分かった。しかし、またあとで、そんな名前じゃないということも分かった。でもぼくの予感では——いや、徒《いたず》らにぼくらしくもない話の進め方をするのはよそう。時機がくれば洗い浚《ざら》い話すことにする。

ところで、その女は自分のことをルーと呼んで下さい、などとぼくに言った。仲間うちでは「限度知らずのルー」というのが綽名になっていた。

さて、ぼくがみんなに分かってもらいたいと思ってるのは、こういうことなのだ。つまり、自分の心の動き具合を理解してる人間なんて稀有だということだ。二人として同じ心の持ち主がいないというのは、ホラチウスだったか、どこかの老いぼれだったかが言ったとおり。ともかく、どういう具合にわれわれがものを考えているのかは、想像すらつかないこと。

だから、一時間ほど前にぼくを妙な具合にしっかりと捉えていた目の持ち主は女の子だったなどと認識するのはやめた。認識したという事実のお蔭で、ぼくは認識できなくなった——ぼくの言ってる意味が分かってもらえるだろうか。つまり、明白な事実というものはなかなか姿を見せないものだ、ということなのだ。ぼくの心は、次から次へと湧いてくる疑問で煮えたぎっていた。どこでぼくはあの女《ひと》を見たことがあるのだろう。

ここでもう一つおかしいことがある。あのひとを目で見たことがあるという気がしないのだ。握手をした時、手の感触でそう気づいた。もっとも、それまで一度だってその手に触れたことはなかったのだが。

ぼくがこんなことを夢中になって考えているなんて思わないでくれたまえ。神秘主義で凝り固まってる奴か、なんて思われては困る。自分の人生を、じっくりと振り返ってみたまえ。ヴィクトリア朝中期の人間の整然たる知性にはどうにも不可解、理不尽で反感を覚えるような出来事が五つや六つ見つからないようなら、ご先祖様と一緒にもう眠ってしまうことだな。それじゃあ、おやすみ。

ぼくはルーのことを「何の変哲もない、とくに可愛らしいわけでもない」と先に書いたが、これはぼくの「俗っぽい心」――聖パウロに言わせると、「神に対する敵意」ということになるようだが――に最初に浮かんできた感想なのだ。

本当の意味での第一印象は、到底言葉なぞでは言い表わせない凄じい心理的体験だった。隣りに坐っていたので、彼女が喋っている間、じっくり見る余裕があった。すると、ぼくの俗っぽい心は打ってかわって、魅力的だと感じるようになっていたのだ。たしかに、演藝場の観客の目から見れば、可愛い娘《こ》ではなかった。どことなくモンゴル人みたいな雰囲気のある顔立ちで、のっぺりとしていた。頬骨が張っていて、斜視だし、鼻は低く、広がっていて威勢がよく、口は薄くて大きく、ひどい波を打っていた。目は小さくて緑色、いたずらっぽい表情をしている。髪の毛はというと、とてもふさふさとして豊かだが、おかしなくらい色が薄かった。頭に太い縄を巻いているような編み込みだったので、それを見てぼくは発電機《ダイナモ》のコイルを思い出してしまった。野蛮なモンゴル人と野蛮な古代スカンジナビア人の二つの要素が入り混じって、奇怪な効果をかもしだしていた。その変わった髪の毛がぼくの心を惹きつけた。優雅な亜麻色をしている、とても綺麗で――いや、どう言って良いのか分からない。あの髪のことを考えただけで、頭の中が混乱してしまうのだ。

どうしてあの女《ひと》があそこにいたのだろうか。あの席があの女《ひと》のものじゃないことくらい一目見れば誰にでも分かる。ちょっとした身の動きにも、上品さ、あるいは貴族的といってもいいような気品が後光のように射してくる。芸術家を気取ることもなかった。バラムのメソディスト派の老女中がトンガの原住民に関心を示すのと同じような意味で、あの女《ひと》は偶々《たまたま》芸術家がお気に召して、連中と一緒に出歩いていただけだった。それを母親も気にとめもしなかった。まあ、昨今はこういうご時勢だから、母親なんぞ問題じゃなかったのだろうが。

オーウェンは別として、ぼくらのみんながみんな酒を飲んだのだなどと思ってくれては困る。実は、ぼくが飲んだのは、わずかに白ワイン、グラスに一杯だけなのだ。ルーは何にも手をつけなかった。ただ浮かれた気分になって、無邪気に子供みたいに喋りつづけていただけだ。ぼくは、いつもよりも沢山飲んだほうがよかったかなと思っている。あまり食事のほうも食べなかった。無論、今にして思えば良く分かる、つまり、よく莫迦にされる現象だけど、一目惚れってやつだったのだ。

突然、邪魔が入って来た。背の高い男がテーブルをはさんでオーウェンと握手していた。ごくあたり前の言葉で挨拶するかわりに、男は、まるでなにか計り知れない情念にかられたみたいに、非常に低く澄んだ声をふるわせてこう言った。

――汝の意志するところを行なえ、これこそ法のすべてとならん

一同に落ち着かない動きが見られた。とくにドイツ人の女は、その男がただ居るだけで苦痛だというふうだった。

ぼくは顔を上げた。そう、ぼくには雲行きが変わったのがよく分かった。オーウェンがこんなふうに言っていた。

「そうだとも、そうだとも、おれはそのとおりにやってますよ。おれの新しいグループを見に来てくださいよ。そのうち、あんたの絵をもう一枚画《か》いてあげますから、そのうちにね」

誰かがこの新参者の紹介をして――キング・レイマス氏と言った――それからぼくたちの名前をぼそぼそとつぶやいた。

「ここに坐って下さい」とオーウェン、「まずは飲み物ですな。あんたのことはよく知ってますからねぇ。ずいぶん永いつき合いになるからなあ。一日たっぷり働いて来て、一杯やるだけ

の金は稼いできたんでしょう。ここに坐って下さいよ。ウェイターを呼んできますから」

ぼくはレイマスを見た。レイマスは最初に挨拶したっきり、一言も口を開いていなかった。その目差しにはどこかしら人をぞっとさせるものがあった。焦点が合っていないのだ。ぼくなんぞは、無限に広がる背景の前にころがっているまるで価値のない物体、といったふうだった。視線が平行に、無窮の彼方を眺めていた。この男にとっては何も問題にはならないのだ。ぼくはこいつが憎らしくなった。

この時には、既にウェイターがそばに来ていた。

「どうも申しわけございません」とオーウェンに向かって言った。オーウェンは六十五年もののブランデーを注文したのだった。

どうやら、もう正午を八時間四十三分十三・六秒過ぎたところらしかった。ぼくには法というのが何なのかわからない。イギリスでは誰も知らないだろうな。法を創った莫迦どもにだって分からないだろう。ぼくらは法律に縛られているわけじゃないけれども、祖先がぼくらから自由を奪ってしまったおかげで自由を満喫できないでいるのだ。アメリカにいてさえも、ぼくらは有害きわまりない途方もなく複雑な警察組織の支配を受けているのだ。

「謝ることはないよ」とレイマスが冷たくあしらうような口調で言った。「我々が手に入れようと闘ってきた自由って奴はこんなものなんだな」

ぼくはレイマスの言うとおりだと思った。いつでも夜は一杯飲みたいなんて思うわけじゃないけど、飲めないと言われると、俄然、酒樽のおいてある穴蔵に攻めこんで警察の奴らと一戦交じえ、古ぼけた下院の議事堂に飛行機から爆弾の二、三発もおみまいしてやろうかという気にもなる。そうは言っても、やはりぼくはレイマスなんぞに共感することはできなかった。ひとを莫迦にしたようなあの口調が我慢できなかったのだ。あの男は、とにかく非人間的な奴だ。だからぼくはあいつには敵愾心《てきがいしん》を抱いてしまうのだ。

レイマスはオーウェンのほうを向いて、

「私のアトリエに行ったほうがいいね」とゆっくりした口調で言った。「スコットランド・ヤードで使っていた機関銃が一丁ありますよ」

オーウェンは、ぱっと立ち上がった。

「それじゃあ、いらっしゃれないかたがたにはまたいずれお目にかかることもあるでしょう」とレイマスが続けた。「せっかくのパーティを私が途中で邪魔したなんてことはないでしょうな」

　人を誘って連れて行こうなんて、なんだか侮辱されてるような気がした。ぼくは耳の裏まで赤くなるくらい腹が立った。それでも何とか自分を抑えて丁重に断った。

　実は、その時居合わせた一行の間でも、奇妙な反応が見られた。まずドイツ系のユダヤ人がすぐさま立ち上がったものの、ほかには誰も動かなかった。ぼくは煮えくり返るくらい腹が立っていた。すぐにどういう事が起こったのか分かった。レイマスがかけた誘いによって一行は巨人と小人の二手にわかれてしまったのだ。ぼくは小人のほうに入っていた。

　食事のあいだ中、ドイツ人のウェブスター夫人はほとんど口をきかなかった。ところが三人の男が背を向けて行ってしまうと、辛辣な口調でこう言った。

「なにもキング・レイマスさんのお世話にならなくてもお酒くらい飲めるでしょうにね。スモーキング・ドッグにでも行ってみましょうよ」

　誰もがただちに賛意を示した。ウェブスター夫人の一言のお蔭で、口にできずにいた緊迫感が解きほぐされたみたいだった。

　ぼくたちはタクシーに乗りこんで出掛けた。どういうわけかは知らないが、未だにロンドンの市街をタクシーは事実上何の規制もうけずに流していても許されている。ともかく、食事と呼吸と外出が許されている限り、ぼくらは本当の意味で公明正大な民族にはなりっこないだろうな。

第二章

十五分ほどで件《くだん》の「ドッグ」へ到着した。しかし、その十五分というのがなかなかしんどかった。あの白い蛆虫がぼくにはわずらわしかったのだ。あの女がいるだけでぼくはもう死体になったような気分だった。十五分が限界だった。

ところが、その試練のお蔭で、ぼくは自分がほんとうはどういう気持ちをルーに抱いているのか漠然とながら分かったような気がする。

「スモーキング・ドッグ」は今でこそ、みっともない潰れ方をして無くなってしまったけれど、当時は絵やら文学やらで、やっきになって自分を売りこんでいたどうしようもない下種《げす》野郎が飾りつけをしたナイト・クラブだった。ダンス・ホールときたらまったく無闇に派手で、けばけばしく、クリムト〔オーストリアの画家。一八六二－一九一八〕の下手な模倣をしただけのしろものだった。

忌々《いまいま》しいことだが、たしかにぼくは大した飛行士じゃないかもしれない。が、ぼくは活《い》きのいい飛行家だ。気どった高慢ちきないかさま藝術家なんぞ大嫌いだ。ぼくはいんちき野郎が嫌いなんだ。

五分と経たないうちにぼくは腹が立って我慢しきれなくなってきた。ウェブスター夫人もルーもまだ着いていなかった。十分が過ぎ、二十分が過ぎて、ぼくはやたらに腹が立ち、ひどいにおいの酒をしこたまあおって、まるっきり知らない女性と急にダンスを始めた。

甲高い声のデンマーク人の女――経営者だった――がプロの藝人たちに向かって、罵倒の声を浴びせた。長々と下らないことを女々しくやっかみながら喚《わめ》いていたような気がする。演奏の音は耳をつんざかんばかりだった。ぴりぴりしていたぼくの神経はすっかり麻痺してしまった。クラブにたちこめる煙と悪臭の中でぼくはウェブスター夫人のぞっとするような微笑みを見てしまったが、それはまるで悪夢のようだった。

小柄な女なのに、戸口いっぱいに見えた。夫人は、蛇さながらにひとの目を釘づけにした。すぐさまぼくの姿を見つけて、胸に飛びこまんばかりの勢いで、昂奮ぎみに駆けつけてきた。

耳もとで何か囁いたけれども、ぼくは聞いていなかった。

クラブのなかが、水を打ったように静まりかえった。ルーが戸口から中へ入ってきた。金の縁どりがあるあざやかな深い紫色の夜会用外套を肩から羽織っていた。これは女帝のドレス、それとも女司祭のいで立ちといったほうがいいのかな。

誰もかれも、じっと立ちどまってルーを見た。その時ぼくは、ああこれは美人じゃないな、と思った。

ルーは地面の上を歩かなかった。学校でよく口にした言い方をすれば「その歩きぶり如何《いか》にも女神を思わせる」(Vera incessu patuit dea.)〔ウェルギリウス『アエネーイス』第一巻四〇五行〕とでもなろうか。ルーは歩きながら、J・F・C・フラー大尉の堂々たる連禱の一節を詠唱した。

――おお、汝、
可憐なるケシの花束にて括《くく》られし黄金《こんじき》の欲望の群れよ!
我は汝を崇《あが》めん、イーヴォー!
我は汝を崇めん、イー・アー・オー!

ルーは声をはりあげて唄った。その声には男っぽいところがあった。まばゆいばかりのルーの美しさに、ぼくは長い夜間飛行の後で夜明けの太陽に出くわしたような気がした。

「目の前で太陽がゆっくり、ゆっくりと昇って来る。西の方では、見ろ、大地が明るくなっている！」

まるでぼくの心の中の声に応《こた》えたみたいにルーの声がまた朗々と響いた。

——おお、汝、
暗き夜の懐《ふところ》に注がれし、黄金にきらめく太陽の葡萄酒よ！
我は汝を崇めん、イーヴォー！
我は汝を崇めん、イー・アー・オー！

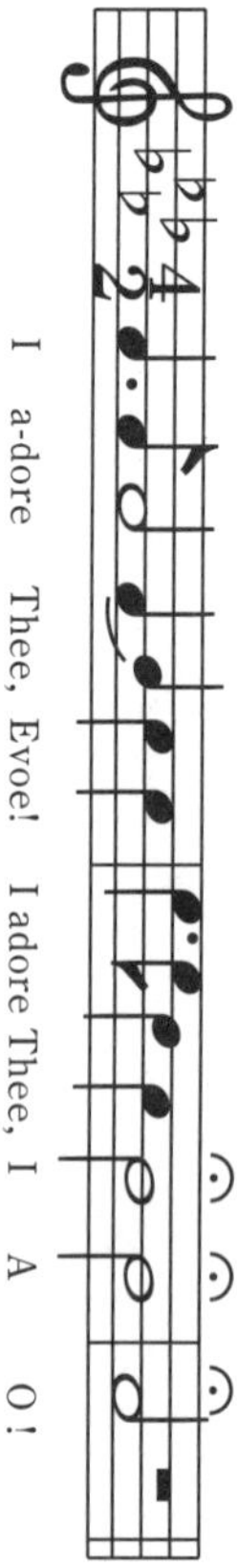
I a-dore Thee, Evoe! I adore Thee, I A O!

最後の部分は「イー・アー・オー」母音はどれもできるだけ長くのばす。ルーは唄うたびに、まるで肺の中から、ありったけの空気を絞り出そうとしてるみたいだった。

――おお、汝、
墓場の壺に注がれし、真紅の生命の葡萄酒よ！
我は汝を崇めん、イーヴォー！
我は汝を崇めん、イー・アー・オー！

ルーはぼくらの坐っている、汚いひどいテーブルクロスのかかったテーブルのところへとやって来た。ぼくの目をのぞきこむようにしていた。でも、ぼくを見てはいなかったと確かに思う。

——おお、汝、
少女らの手によりて頭巾を取られし欲望の赤きコブラよ！
我は汝を崇めん、イーヴォー！
我は汝を崇めん、イー・アー・オー！

ルーはさながら目には見えぬ稲妻によって朝の柔かい懐からひきはなされた、紫色に翳《かげ》った嵐雲のようにぼくたちの席からまた向こうの方へ戻って行った。

——おお、汝、
肉のかなとこの上にて引き裂かれし情熱のあつき剣《つるぎ》よ！
我は汝を崇めん、イーヴォー！
我は汝を崇めん、イー・アー・オー！

狂気にも似た昂奮の波がクラブの中をかけめぐった。まるで高射砲射撃を浴びたみたいな様子だった。バンドは気ちがいじみたジャズをかき鳴らしていた。
踊り子たちは熱狂のあまり息もとまらんばかりの莫迦騒ぎだった。
ルーはまたぼくらのテーブルへと進んで来た。ぼくら三人は外界と隔絶していた。周りでは熱狂した群衆の甲高い声が鳴りひびいていた。ルーはどうやらその声に耳を傾けているふうだった。そしてまた声を張りあげた。

——おお、汝、
荒れ狂う髪の罠にかかりし激しい笑いの渦よ！
我は汝を崇めん、イーヴォー！
我は汝を崇めん、イー・アー・オー！

ぼくは胸がむかつくくらいはっきりと分かった。ウェブスター夫人はキング・レイマスがこんな性格《たち》の男だとか、こんな経歴の持ち主だとかいったことまでぼくの耳に注ぎこんだのだ。

「わたくし、どうしてあのひとがわざわざイギリスにまで出掛けてくるのか分かりませんのよ。テレピラスとかいう処に住んでましてね。見た目はともかく、百歳を越えるお年なんですから。どんなところへでも行ってますし、どんなことでもやってきたような人で、あのひとが歩くと一歩ごと、その足跡が血に染まるというくらいなんです。ロンドンきっての悪党で危険きわまりない人物ですわ。吸血鬼みたいな男で、破滅したひとを餌食にして生きてるんです」

ぼくも虫酸《むしず》が走るくらいあの男のことは嫌いだと言った。しかし、世界最高の藝術家二人を親友にもつ男をこっぴどく非難したところで、そいつの立場は一向に悪くなったようには見えなかった。正直言ってぼくはウェブスター夫人の他人評には感心できなかった。

――おお、汝、
夕焼けの血に酔いし龍の王子よ！
我は汝を崇めん、イーヴォー！
我は汝を崇めん、イー・アー・オー！

嫉妬の念が激痛のようにぼくを襲った。まるで激しい発作のようだった。どういうわけかぼくはルーのこの不思議な詠唱の文句を、キング・レイマスの人格と結びつけて考えていた。

グレーテル・ウェブスターには分かっていた。そして、また別の毒をそれとなく巧みにぼくに注ぎこんだ。

「ええ、そうですわ。バジル・キング・レイマスさんはたいそう女性にもてますわ。ありとあらゆる手練手管で女性を虜《とりこ》にしてしまいますからね。ルーなどもすっかりあの人に熱をあげてますのよ」

またしてもこの女は過ちを犯した。ルーのことなど引合に出したのでぼくは腹が立った。だから、その時何と言って返事をしたか覚えていない。ルーは大して傷ついたようには見えませんね、というようなことを言ったのだろう。

ウェブスター夫人はなんとも言い難い笑みを浮かべた。

「おっしゃるとおりですわ。ルーは今夜、ロンドンで一番の美人ですわね」と夫人はおだやかに言った。

――おお、汝、
青き空の平原を漂いし、芳《かぐわ》しき花の香りよ！
我は汝を崇めん、イーヴォー！
我は汝を崇めん、イー・アー・オー！

ルーの様子といったら、とても尋常とは思えなかった。まるで可能性に満ちあふれた二つの性格――神と人間――を合わせ持っているみたいだった。ルーは自分の周りで何が起こっているのか何もかも承知していた。自分自身をも、また周囲をも完璧にあやつっていたのだ。ところが同時にルーは、この世のものとは思えぬある種の陶酔感に浸りきってもいた。その陶酔感はぼくには全く理解しがたいものではあったが、みていると飛行中にぼくが感じたことのある不可解な切れ切れの体験のことを思い出してしまった。
L・ド・ジャイバーン・シヴキングの『飛行心理』は誰でも読んだことのある書物だろう。だからぼくはこの著者の言ってることを思い出してもらえばそれでいいのだ。

「どんな飛行士も飛行中に襲ってくるこの漠然とした微妙な違和感に気づきはするが、一体それが何なのか分かる者は殆《ほとん》どいない。どんな感じかをうまく言える者も殆どいない。できることならそれを認めまいとする者ばかりである。（中略）自分は自分であり、人間はそれぞれまったく別箇の存在であり、他人の心の奥にまで入りこんで行くことはできないのだということを誰でも口に出して言わないが知っている。心の奥こそ人間の生活の基盤になっているのだ」

一切のもの、何よりも大事なものとさえ、自分は無関係なのだという気持ちになるのだが、しかし、それと同時に、今まで自分が認識してきた一切のものは、自分自身の心が創り出した幻影なのだということも分かっているのだ。宇宙は魂を映し出す鏡なのだ。

あの精神状態の中で、ぼくらはどんな無意味なことでもすっかり理解してしまう。

——おお、汝、

諸世界の破滅を縁どる四角い『無の王冠』よ！

我は汝を崇めん、イーヴォー！

我は汝を崇めん、イー・アー・オー！

ぼくは激怒のあまり、顔が紅潮した。ルーが火山さながらの口からこんな激しい無意味な言葉を朗々と吐き出しつつどんな気分になっていたか、ぼくにはよく分かったからだ。グレーテルの暗示が少しずつぼくの脳髄にしみこんで行った。

「この嫌なアルコールのお蔭で人間は野蛮になってしまうのよ。どうしてルーはあんなに神々しいのかしら。あの女《ひと》は天国の汚れを知らない雪を鼻から吸いこんでいるのね」

――おお、汝、
人間の赤き欲望に満ちあふれし、愛の真白き聖杯よ！
我は汝を崇めん、イーヴォー！
我は汝を崇めん、イー・アー・オー！

ルーの歌声を聞いているとぼくはぞくぞくし、軀《からだ》がふるえた。と、それからどうしてかぼくには分からないが、振り向いてグレーテル・ウェブスターの顔を見たのだ。グレーテルはぼくの右側に坐っていた。左手をテーブルの下に置いたまま、その手を見つめていた。ぼくはその視線を追った。

静脈が小さな四辺形を描いていて、その先端は人差し指と中指の間におさまっていた。そして四辺形の中では、きらきらと輝く粒子みたいなものが小さな山を造っていた。これほど強く心を惹きつけられるものをぼくは今まで見たことがなかった。まばゆい光を放ち、その美しさと言ったらなかった。病院で何度も見たことはあるのだが、しかし、これは全然違っていた。言ってみればダイヤモンドも台座次第で引き立つように、まわりの様子のせいでそれはきわだってみえた。まるで生きてるみたいだった。強烈な光を放っていた。崖っ縁で風にたなびきつつ輝いている羽根のような水晶とでも譬えない限り、自然界には似たようなものは皆無だった。

それからあとの事がぼくの頭にこびりついていて離れようとしないのだ。まるで手品師にまんまとひっかけられたような感じだ。グレーテルがどんな仕草でぼくを虜にしていたのか今もって分からないが、グレーテルの手がゆっくりと上がって行き、もう少しでテーブルにつくというところまで行った。怒りにかられながらも熱中していたぼくのほてって紅潮した顔は、うつむいてその手を追った。本能的にそうしたようにも思えるが、ぼくは無言の指図を受けてそうしたのだと今は殆ど疑わずに思っている。ぼくは深呼吸をしてその小山になった粉を鼻から吸いこんだ。すると、危ういところで救出されて初めて酸素を肺いっぱいに吸いこんだ炭鉱夫みたいな気持ちになった。

　これがありふれた体験なのかどうかは分からない。医学の勉強、ひとから聞いた話、新聞で読んだ様々な無気味な記事、こういったものと何らかの関係があるのかも知れないとは思っているが。

　ところでグレーテル・ウェブスターのような大物の場合は、大目に見てやらなくてはいけないとぼくは思う。例のドイツ兵と戦車の件にしても、あの女《ひと》にはそれくらいのことをしてもいいだけの値打ちが確かにあった。それにわざわざぼくに色々な事を吹き込んだりするのは「復讐」のつもりだったのだ。なにしろぼくは一流の有名な飛行士を何人か撃墜していたのだから。

　しかし、その時は全くそんな考えなど頭に浮かばなかった。ルーが現われたせいで、どんなにぼくが精神的に萎縮してしまったか、まだ十分に説明しつくしてはいないと思うが、ルーはぼくの夢の世界の遥か彼方の人、手のとどかないところにいる人になってしまったのだ。
酒の影響はともかくとして、ぼくはどうにも耐えがたいほどの憂鬱な気分に捉えられていた。ぼくの意識の中には何かしら野蛮なもの、戸惑っている鼠にも似た何かが潜伏していた。

――おお、汝、
さながら蛇のごとく人の喉にからみつきし吸血鬼の女王よ！
我は汝を崇めん、イーヴォー！
我は汝を崇めん、イー・アー・オー！

ルーはグレーテルのことを思っていたのか、それとも自分自身のことを考えていたのだろうか。ルーの美しさにぼくは息がつまり、喉を引き裂かれる思いがした。鈍い、しかし激烈な情欲にかられ、ぼくは気も狂わんばかりの有様になってしまった。あの女が憎らしかった。ところが顔をあげると……コカインの狂喜が俄《にわか》に即座に鼻の穴から脳へと走り抜けると――これは詩の一節だけれど、こうとしか言いようがないのだ――さあ、そうなると、まるで雲間から太陽が顔を出した時みたいに、ぼくの心の中から鬱《ふさ》いだ気分がさっと消えてしまった。
ぼくは夢でもみているみたいな気持ちで、ルーの豊かな声を聞いていた。

――おお、汝、
太陽の口にて吸いこまれし情念の激しき渦巻よ！
我は汝を崇めん、イーヴォー！
我は汝を崇めん、イー・アー・オー！

何もかもすべてが違っていた。ルーの言ってる意味が分かった。ぼくはルーの言葉の一部になっていた。どうして鬱いだ気分になっていたのか、たちまち明らかになった。ぼくはルーに劣等感をもっていたのだ！　ところが今や、ぼくはルーの主人、連れ合い、支配者となったのだ。
ぼくは立ち上がってルーの腰を抱こうとした。ところがルーは強風にあおられた秋の葉よろしく、さーっとクラブの床を疾走して行ってしまった。グレーテル・ウェブスターの視線がちらりとこちらを向いた。その目は勝ち誇ったような意地悪そうな光を帯びていた。一瞬、夫人とルーとコカインとぼくとが収拾がつかないほど混乱した頭の中で、しっかりと重なり合い結びついてしまった。

ところがぼくの肉体のほうはぼくをどんどん持ち上げていくのだ。気分の良い日に離陸するとこんな気持ちを味わえるものだが、ぼくにはなつかしいあの激しい高揚感が味わえたのだ。どういう具合にそこへ行ったかは知らないが、気づくとぼくは部屋のまん中にいた。ぼくも空中を歩いていた。ルーが振り向いた。まっ赤な円い口だった。それはベルギーで見た夕陽、波打つ海岸線の上に見えた夕陽、海と空とが描き出すぼんやりとした青い神秘的な曲線の上に見えた夕陽のようだった。頭の中の考えは昂奮した心臓に調子を合わせていた。今度ばかりはぼくらは兵器庫めがけてねらいをはずさなかった。ぼくはその兵器庫でもあった。ぼくは爆発した。ぼくは殺害者であると同時に被害者でもあったのだ！　ルーが空を飛んで迎えに来てくれた。

――おお、汝、

風のわき腹をくすぐりし太陽の先導者よ！
我は汝を崇めん、イーヴォー！
我は汝を崇めん、イー・アー・オー！

ぼくらは否応なく引きつけられて、お互いに抱き合った。宇宙にいるのはぼくら二人だけ、ルーとぼくだけだった。宇宙に存在する唯一の力はぼくら二人をひきつけている引力だけ。その引力が今度はぼくらを回転させ始めた。
二人はクラブの床の上をあっちへ行ったりこっちへ行ったりしたが、もちろんそれはクラブの床などではなかった。そもそもクラブなど無かったし、クラブどころか全く何も存在していなかった。あるのはただ、自分が全てであり、かつ自分は全てのものとうまくやっていかねばならないという恍惚感だけだった。自分こそが永劫に回りつづける宇宙そのものだった。消耗などありえない。自分のもっているエネルギーは全て自分の務めに注ぎこまれた。

――おお、汝、

夜空に浮かぶ星の髪をほどきし金色《こんじき》の爪の踊り子よ！

我は汝を崇めん、イーヴォー！

我は汝を崇めん、イー・アー・オー！


ルーのしなやかな細身の軀がぼくの腕の中にあった。こんなことを言うと莫迦莫迦しく聞こえるが、ルーを抱いているとぼくは軽いオーバーコートを連想してしまった。ルーは頭を後ろにそらせた。しっかりと巻いた髪の毛がゆるんだ。

急に演奏が止まった。一瞬、言いようのない苦痛に襲われた。なにもかもが滅亡してしまったような気分になった。ぼくは周囲のもの一切に対する激しい嫌悪感に捉えられた。ぼくはまるで死ぬ前に大事なことをしてもらわなくてはいけないと大あわてで焦っている人みたいに、こんなふうなことを囁いた。つまりぼくは「もうこれ以上こんなひどい所にはいられない」というようなことを。

「少し空気を入れよう」

ルーはうんでもすんでもなかった。話しかけるだけ無駄だった。

――おお、汝、
険しき人生の峡谷を囀《さえず》るごとく流れし
やさしき鳥にも似た愛の大河よ！
我は汝を崇めん、イーヴォー！
我は汝を崇めん、イー・アー・オー！

ルーの声は澄んだつぶやきに変わっていた。ぼくらは街の中にいた。クラブの用心棒がタクシーを呼んでくれた。ついにぼくはルーに歌をやめさせた。唇と唇を重ね合わせた。ぼくらは宇宙という広場を太陽という馬車に乗って翔《か》けていた。どこへ行こうとしているのか二人とも知らなかったが、そんなことはどうでもよかった。時間の感覚がまったくなくなっていた。次から次へと感情が連続してつながってはいたが、それを整然と並べるような手立てがなかった。心の中の時計が急に狂ってしまったみたいな感じだった。
主観的に言えば、ぼくには時間を計る尺度が無いわけだが、ぼくとルーの唇はずいぶん長い間重なり合っていたに相違ないと思う。というのも、気づいた時にはクラブからは相当遠く離れたところまで来ていたからだ。

ルーは初めて、ぼくに言葉をかけてきた。暗く途方もない深みがあり、震えるような声だった。ぼくは全身、ぞくぞくした。ルーはこんなことを言った。

「あなたのキスって、コカインで苦いわ」

ぼくと同じ体験をしたことのない人に、ルーの言葉の重大さを分かってもらおうとしても、それは到底できない相談だ。

にわかにごぼごぼと沸き出したのは、煮えたぎる悪意の大釜だった。凄じい喜びにルーの声は朗々と鳴りひびいた。お蔭でぼくにはすっかり男っぽい力が湧き出てきた。もっと激しくルーを抱きしめた。世の中がぼくの目の前で真暗になった。ぼくはその時、なにかを感じていたわけじゃない。ぼくが「感覚」そのものになっていたのだ。ぼくは、「感覚」のもつあらゆる可能性が最大限に発揮された、いってみれば感覚の権化となっていたのだ。しかし、それと同時に、ぼくの肉体のほうは無意識のうちに自らの秘め事を勝手に進めていた。

ルーはぼくから逃げようとしていた。ぼくの顔を必死で避けていた。

——おお、汝、
山間《あい》にてあえぎ、
嵐に呑まれし一陣の颪よ！
我は汝を崇めん、イーヴォー！
我は汝を崇めん、イー・アー・オー！

無気味に力強く、歌声がむせび泣くようにルーの胸から絞り出されてきた。

ぼくはすぐさま、これはルーが自分なりに抵抗しているのだと悟った。自分こそ宇宙の力だ、自分は女なんかではない、男は自分にとっては無意味なものだ、と自らに言いきかせようとしていたのだ。ぼくを相手に必死に戦い、蛇みたいに這いずりながら宇宙をうろついていた。もちろん、あれは本当はタクシーではなかったのだ。しかしあの時はそうとは気づかなかったし、今だって絶対に自信があるわけじゃないが。

「神様」ぼくは憤然として独り言を言った。「もう一度あの雪の匂いを嗅がせて下さい。あの女《ひと》に見せたい」

と、その時、ルーはまるでぼくを羽根みたいに払いのけた。急にぼくはもう自分は駄目だと感じた。何故かぼくはすっかり落ちこんでしまい、驚いたことに、気づくとズボンのポケットに入っていた十グラム罐から少しばかりのコカインを掌にあけて、それを貪欲に楽しみながら鼻から吸いこんだ。

　どうしてそんなものがそこにあったのか、ぼくに訊かないでもらいたい。グレーテル・ウェブスターの仕業にちがいないと思う。ぼくにはまるで覚えがないのだ。それがコカインのおかしいところなのだけれど。コカインがどんな作用をもたらすものかよくわからないのだ。

　ぼくはアメリカ人の教授を思い出した。その教授は、私は第一級の記憶力の持ち主だ、この記憶力の唯一の欠点は当てにならないということだけだ、と自慢していた。

　ぼくも果たしてコカインのお蔭で力が強くなっていたのか、はたまたルーがぼくをいじめるのに飽きて、自らすすんでぼくの腕の中にとびこんで来て身悶えしてたのか、どちらとも言いがたい。ルーの手と唇が重くぼくの心臓の上にのしかかっていた。少しばかり詩情がでてきた——こんなふうにして人間は詩に魅せられるものなのだ——どうやらリズムもわざとらしさがなくなってきたようで、何もかもが、素晴らしい一つの調和《ハーモニー》をつくりだしていた。調子がはずれるということはありえないことだ。ルーの声が遥か彼方から聞こえているような気がした。深みのある低く沈んだ歌声だった。

――おお、汝、
愛の激しいすすり泣きに捉えられし、
かよわき女のうめき声よ！
我は汝を崇めん、イーヴォー！
我は汝を崇めん、イー・アー・オー！

そうだ、ルーのエンジンとぼくのエンジンが初めて一緒に動いたのだ！　故障がすっかりなおってしまった。二つのエンジン音が規則正しく一緒にリズムを刻んでいた。
空を飛んでいる時の様子が分かるだろうか。空中に一点のしみが見えてくるとしよう。目で見ただけでは、それが敵のドイツ戦闘機なのか、それとも自国あるいは同盟国の飛行機なのかどうかは分からない。しかし、エンジン音の違いが分かれば、敵か味方かの区別はつく。だから或るリズムを聴いただけで好感を覚えたり、敵意を感じたりするようになるのだ。

ルーとぼくは並んで永遠の彼方を一緒に飛んでいた。ルーの間断ない低い脈動は、全速力で飛ぶぼくの轟音とぴったり息が合っていた。

こんな事は時間と空間を越えたところで起こることだ。タクシーの中での出来事は初めから存在しなかったとか終わってしまったとか言うのはまるで間違っている。あの時起こったことというのは、こういうことなのだ。つまり、ぼくらの魂がしっかり結びついているという永遠の真実からぼくらの注意は運転手のせいでそらされてしまったということだ。運転手はタクシーを停めてドアを開け、にやりと笑ってこう言った。

「着きましたよ、旦那さん」

サー・ピーター・ペンドラゴンとルー・レイラムが無意識のうちに再び姿を現わした。まず何よりも身分相応の礼儀正しい振舞いを示さなくてはいけない！

その衝撃《ショック》のお蔭であの時の事はぼくの胸に深く刻みこまれている。今でもありありと覚えているのだが、ぼくは料金を支払った。そして、一体どうして自分たちはこんなところにいるのだろう、とぼんやりと考えこんでしまったのだった。運転手に行き先を言ったのは誰だったのだろう、とか自分たちはどこに来たのだろう、などと考えていた。
意識してか無意識のうちにかは知らないが、ともかくルーの仕業だとぼくは思う。なにしろ、ルーは全く戸惑った様子も見せずに呼鈴を押したのだから。ただちに扉が開いた。ぼくは広いアトリエからどっと雪崩のように射し込んで来たまっ赤なライトの下敷になってしまった。
ルーの声が高く明るく舞いあがった。

――おお、汝、
蜘蛛の巣にかかりし赤き炎の龍よ！
我は汝を崇めん、イーヴォー！
我は汝を崇めん、イー・アー・オー！

嫌悪感が嵐のごとくぼくを襲って来た。というのは、戸口にはキング・レイマスの背の高い、暗い不吉な姿が立っていたのだ。その首にルーが腕をからませていた。

「ちょっとお邪魔しても構いませんでしょうね。ずいぶん夜も更けてはいますけど」とルーが話していた。

ひと言ふた言とおり一ぺんの挨拶でもしてそのままルーの言うなりになるのは何でもないことだったろうに、男は独断的な口調でこんなことを言った。

——一つの宮殿に門が四つついている。
宮殿の床は金と銀でできている。
そこには青金石《ラピスラズリ》と碧玉があるし、世にも稀《ま》れな香水が数々ならんでいる。
ジャスミンと薔薇が咲き、死の紋章が飾られている。
四つの門から順番にでもいいし同時にでもいいから、あの男を入れさせ給え。
そして、宮殿の床の上に立たせるんだ。

ぼくは猛然に腹が立った。どうしてこの野郎はいつもごろつきか道化師みたいな態度をとらなくちゃならんのかな。しかし、ともかく言われるがままに、大人しく中に入るしか仕方がなかった。

レイマスは儀礼的にぼくと握手をしたが、ずいぶん力をこめていた。イギリスでは育ちのよい人間が他人と握手するときには、普通こんなに力を入れることはないのだが。握手をしながら、ぼくの顔をまともに見据えた。その恐ろしい不可解な目差《まなざ》しはぼくの脳髄の後ろをとおり越して貫通した。しかし、レイマスの言葉は、態度とは全く裏腹だった。

「詩人は何と言っとりますかね」高慢な口調で訊いた。「『コカインでも飲んで悪ふざけ』――とか何とかそんな文句でしたかね、サー・ピーター」

こいつは一体全体どういうわけで、ぼくがコカインを飲んでることを知ってるのかな。

「事情を知ってる奴には世の中を歩き回る権利など無いんだぞ」とぼくの中にいる別のぼくが苛立って言ったが、しかし、さらに別のぼくが曖昧にこう返事をした。

「だから、世の中ってやつはいつでもああいうことをしてきたのですよ――つまり先覚者をいつだって犠牲者にしてしまってね」

実のところ、ぼくは少しばかり気おくれしてしまった。でもレイマスはぼくの気持ちを楽にしてくれた。ペルシアの綴れ織りが掛けてある大きな肘掛け椅子の方へとぼくを促してくれたのだ。彫刻をほどこしてある大きなグラスにベネディクティン〔フランス産リキュールの一種〕を注ぐと、ぼくの脇の小さなテーブルの上へと置いた。気安くもてなしてくれるその態度が何よりもぼくは気にくわなかった。レイマスの操り人形にでもされているみたいで不愉快になったのだ。

部屋にはほかにもう一人だけ人がいた。ヒョウの皮張りの長椅子に、前にぼくが見た妙な女性連中のうちの一人がねそべっていた。白いイヴニング・ドレスに淡い黄色の薔薇をつけ、また髪にも同じ花を差していた。北アフリカ出身の混血の黒人女性だった。

「ファトマ・ハライ嬢《さん》です」とレイマスが言った。

ぼくは立ち上がって、お辞儀をした。ところがその女は知らん顔をしていた。俗事は一切忘れてしまったというような顔をしていた。皮膚は濃い夜空のような青で、およそ目の利かない連中にはただ黒いだけと思われそうな色だった。顔は大きくて肉感的ではあったが、眉は幅広く堂々としていた。

偶々《たまたま》稀れに見る名門の家柄の出だったりしたら、エジプト人ほど本質的に貴族的な知性の持ち主はいない。

「どうか気を悪くしないで下さいよ」レイマスは柔い声で言った。「あの女《ひと》は私たちを高貴な軽蔑の目で見とるのですよ」

ルーはソファーの肘掛けに腰をおろしていた。象牙色の長い曲がった指が、色の黒い女の髪をまさぐっていた。何故かぼくは吐き気がした。ぼくは落ち着かなくなり、困った。生まれて初めて、どういう態度をとったらいいのか分からなくなった。

ふとこんな考えがぼくの頭に浮かんできた。ただ疲れただけさ、大騒ぎすることなんかないよ、と。

そんなぼくの思いに応《こた》えるかのように、ルーはポケットから打ち出し模様の入った金の栓をしてあるカットグラスの小罎をとり出し、その栓を抜くと、自分の手の甲にコカインを少し振りかけた。そして挑発するような目差しでちらりとぼくの方を見た。

と、突如、アトリエにはルーの歌声が鳴り響いた。

――おお、汝、

野薔薇の網にかかりし、裸の愛の乙女よ！

我は汝を崇めん、イーヴォー！
我は汝を崇めん、イー・アー・オー！

「まったくその通りだな」と嬉しそうにキング・レイマスが応じた。「こんなことを訊いても構わんでしょうな、つまり、コカインの素晴らしい効果を味わわれたことがおありかどうかということなんですがね」

ルーはレイマスをにらみつけた。ぼくはレイマスとは遠慮なく話せるほうがよいと思っていた。ぼくは慎重に手の甲にコカインを多めにのせて、それを吸いこんだ。吸い終えないうちに、もう効果が出てきた。ぼくは誰でもぼくの言うなりにさせられるような気になった。

「そうだな、実は」とぼくは横柄な口をきいた。「今夜が最初でね。ずいぶん結構なものだね」

レイマスは謎めいた笑みを浮かべた。

「ああ、そう、詩人は何と言っとりましたかね。ミルトンでしたかな」

——きみの悪魔のような笑みをぼくの脳髄に突き刺すがよい、

かったわよ」

ぼくをコニャックと愛とコカインに浸すのだ

「莫迦おっしゃらないでよ」ルーが大声を出した。「ミルトンの頃にはコカインなんてまだな

「ミルトンが間違えたのか」とキング・レイマスが切り返した。まるでいい加減な支離滅裂な

この男の考え方にはちょっとあきれてしまった。

レイマスはルーに背を向けて、ぼくの顔をまともに見た。

「なかなか結構なものだと思ったのですな、サー・ピーター」とレイマス。「たしかに、そう

ですな。私も一服やって、気分など悪くならんことを証明してみますか」

レイマスは言ったとおり行動に移した。ぼくはこの男に興味をひかれ始めた。一体、この男

は何が目当てなのだろう。

「あなたは我が国最高の飛行士のお一人だそうですな、サー・ピーター」と話をつづけた。

「時々少しばかり飛んだことはありますがね」とぼく。

「まあ、飛行機ってやつはなかなか結構な旅行の足にはなりますが、しかし、あなたがプロの

飛行士じゃないとすると、しまいにはひどく惨めな死に方をなさることになるんじゃないですかな」

「それはどうも」ぼくはその口調に苛立った。「あいにく私は医学生でしてね」

「ああ、そりゃ結構ですな、結構ですとも」

慇懃に相槌を打ってきたので、ぼくのほうは、あからさまに操縦の腕前を疑われるよりも、もっと自尊心を深く傷つけられた。

「それでしたら、あなたのご専門上の関心を惹くような患者の話——これはちょっと軽率な話だとあなたもお思いになることでしょうが——をひとつ申し上げることにしましょう。ここに見えてる私の友人は今夜でしたか昨夜でしたか、モルヒネ漬けになったまま、こちらに到着いたしましたね。思ったような効き目がないというので、配合禁止になってるのに、お構いなしにアンハロニウム・レウィニーを相当量呑んでしまったのです。それから、これは暇潰しのためだったのでしょうが、グラン・マルニエ・コルドン・ルージュを丸々一本飲んでしまったところなんです。今、少し加減が悪くなって——どうしてかなんて考えるのは余計なお世話でしょうな——この素晴らしい薬を時々飲んで気分をととのえてるところなんですよ」

レイマスはぼくの方から顔をそむけて、その若い女性の方をじっと見守っていた。ぼくもレイマスの見てる方を目で追った。その娘《こ》の青みのある肌がひどく白っぽい色になっていくのがわかった。すっかり健康的な色を失っていた。腐りかけている生肉のようだった。

ぼくは跳び上がった。ぼくは本能的にその娘《こ》が死にかけていることを察知したのだ。アトリエの持ち主がその娘《こ》の上にかがみこんでいた。そして、肩ごしに目のはしでぼくの方を見ていた。

「軽率なことをするものだ」とレイマスは皮肉たっぷりに言った。

それから十五分間というものレイマスはその娘《こ》の命をつなぎとめようと必死だった。キング・レイマスはなかなか腕ききの医者だった。ただし、正式に医学を学んだことはなかったのだが。

ところがぼくのほうは一体何が起こっているのかまるで気づかなかった。コカインがぼくの血管の中で唄っていたのだ。ぼくは何も気にならなかった。ルーが衝動にかられてやって来て、ぼくの膝の上に身を投げ出した。ベネディクティンの入った酒杯を口に運びつつ、陶然とした様子で歌った。

——おお、汝、
きらめく光のワイングラスよ、
その泡は星たちの心血だ！
我は汝を崇めん、イーヴォー！
我は汝を崇めん、イー・アー・オー！

ぼくらは気が遠くなり、深い深い催眠状態に陥った。するとレイマスが邪魔をした。

「皆さんは、私のことを無愛想だなどと思ってはいけませんよ。あの娘《こ》はもう大丈夫ですが、車で家まで送って行った方がよろしいでしょう。私が送ってまいりますので、どうぞごゆっくりなさって下さい。あるいは、もしどこかお出掛けになりたいところがおありなら、私に送らせて下さい」

さらに邪魔が入った。呼鈴が鳴ったのである。レイマスが戸口へ飛んで行った。すると背の高い老人が立っていた。

「汝の意志するところを行なえ、これこそ法のすべてとならん」とレイマスが言う。

「愛は法、意志下の愛は」と相手が応えた。

まるで合い言葉のようだった。

「あなたと一時間ほどお話をしたいのです」

「もちろん私はおっしゃるとおりに致しますよ」とレイマス。「ただこれだけは——」と言ったまま言葉がとぎれた。

ぼくの頭は妙にはっきりとしていた。自信満々だった。ぼくは啓示を受けたような気持ちだった。出口が見えた。

心の中で小悪魔が笑った。「ルーと二人っきりになれるなんて願ってもないチャンスだ」

「ねえ、レイマスさん」ぼくは早口に言った。「ぼくはどんな車でも運転できますから、ハライ嬢《さん》を送って行くのはぼくにお任せ下さい」

アラビア娘はぼくの後ろに立っていた。

「そうね」力なく、しかし昂奮した声で言った。「それが一番よろしいわね。どうも恐れ入りますわ」

これが、あの娘が最初に口にした言葉だった。
「そうね」とルーも相槌を打った。「あたし、月明かりの中をドライヴしたいわ」
一堂は、開けっ放しの戸口のところにかたまっていた。一方からは深みのある赤い電灯の光が射し込み、また反対側では汚れのないみごとな月が輝いていた。

――おお、汝、
星屑の庭に埋もれし、か弱き月明かりの鐘形花《ブルー・ベル》よ！
我は汝を崇めん、イーヴォー！
我は汝を崇めん、イー・アー・オー！

それから夢見ごこちに、きびきびと素早く場面が進んで行った。ぼくらはガレージに行き――そこを出て――街に入り――エジプト娘のホテルに着き――それから――

天翔ける馬車

第三章

ぼくがハンドルを握るとルーがしがみついてきた。言葉は要《い》らなかった。ふるえるような情熱が奔流となって二人を押し流した。ぼくはレイマスのこともあの男の車のことも、すっかり忘れていた。何処《どこ》へ行くというわけでもなく猛烈に車をとばしていた。ある気ちがいじみた思いがぼくの心を過《よぎ》ったが、「無意識」とそれからぼくの本質を成す自我がその思いを切り捨ててしまった。それから、街の或る見なれたものが目に入ると、ぼくはアトリエに戻ろうというつもりのないことを思い出した。ぼくの中の或る力——それに気づかなかったけれども——がぼくの顔をケント州の方へと向けていた。ぼくは自分のことを自分に対して説明していた。自分が何をしようとしているのか知っていた。ぼくらはバーレイ邸へ向かっていたのだ。それから、荒涼たる月明かりの中をパリへ向かうのだ！

特に決めようとも思わないうちに、そんな気持ちがぼくの中で固まっていた。言ってみれば方程式の答えが出てしまったようなものだったが、その方程式の項というのが、第一に月明かりに寄せるあらゆるロマンチックな想いとルーとは等しいということ。第二に飛行士としてのぼくの肉体的習慣がある。第三に度をこした派手さ・華麗な恋愛とパリとの昔ながらの関係がある。いうなればこの三次方程式が解けたようなものだった。

ぼくは自分の道徳感と判断力が欠落してしまっていることをその時、十分に自覚していた。ところがぼくのとった行動といえば、ただこう言っただけだった。「さよなら、ヨナ！」

ぼくは生まれて初めて、絶対的な意味での自分になっていた。いわゆる見苦しくない行動をとるように我々を律している躾とか肉体・知性からの抑制をことごとく免れていた。

ぼくは、気が狂っているのか、と自問し、そしてこんなふうに自答していたような気がする。

「もちろん正気じゃないさ。正気ってやつは妥協のことだからな。つまり、人間をでしゃばらないようにおさえつけてるもののことだ」

バーレイ邸までのドライヴの様子を書こうとしても徒労に終わるだけだろう。なにしろ、一秒とかからなかったようでもあり、無限に永かったようでもあったのだから。

ぼくは自分に対して様々な疑念を抱いていたようなのだが、その疑念は厳然たる事実を前にするとぺしゃんこに潰れてしまった。あれほど巧く車の運転をしたことはそれまで一度もなかった。まるで煙草のケースから煙草を一本取り出すような調子で、ぼくは水上飛行機を出した。飛行機は鷲のように発進した。エンジンの唸音とともに、それに巧く応《こた》えるかのようにルーのやわらかい唄声が聞こえてきた。

——おお、汝、
　ロザリオの如き月光を浴びて輝く、
　震えたる真夜中よ！
　我は汝を崇めん、イーヴォー！
　我は汝を崇めん、イー・アー・オー！

ぼくらは明け方ころに大空に舞い上がった。一直線に三千フィートの上空へと上昇した。自分の心臓の鼓動が聞こえた。エンジンの音とすっかり一体になってときめいていた。

ぼくはまるっきり汚れを知らぬ大気を胸一杯に吸いこんだ。コカインよりも一オクターブ高かった。形は違うが全く同じように精神に活気を与えてくれた。

すばらしく心地よいシヴキングの言葉が突如ぼくの頭に浮かんできた。ぼくは陶然としてその言葉を唱えた。それは英国製飛行機のエンジン音なのだ。

「深く胸一杯に！　口一杯に！　心の中の口一杯に！」

勢いよく風を切って飛んでいると、すっかり肉体的な感覚というものがなくなってしまった。コカインもまた感覚の麻痺に一役買っていた。ぼくは肉体から離脱して、永遠の精神、崇高な「なにもの」かになっていた。

「可愛いルー！　可愛いルー！　ルー、ルー、可愛い恋人！」

ぼくは繰り返し大声で唄ったようだ。その大声の中にも、ぼくはルーが歌って応えてくれるのを聞いた。

――おお、汝、
赤き情熱に激しく輝く、
夏にも似た柔らかき唇よ！
我は汝を崇めん、イーヴォー！
我は汝を崇めん、イー・アー・オー！

ぼくは風圧に耐えられなくなった。もっと空高く昇《あが》ろう、もっと空高く！　ぼくは加速した。
「激しく心は乱れ！　激しくも愚かにふるまう！　激しく、激しく、乱れつつ愚かにふるまう！」

――おお、汝、
木の葉の中を吹きすさぶ、

嵐の切なき悲鳴よ！

我は汝を崇めん、イーヴォー！

我は汝を崇めん、イー・アー・オー！


ぼくは激しい嵐の中に連れてこられたような気がした。下では大地がさながら石ころのように何も無い闇の中へと落ちて行った。ぼくらは自由だ。永久に自由だ、家柄に束縛されることはないのだ！

「もっと速く空高く！　もっと速く空高く！　高く、高く、速く、速く！」

ぼくらの目の前の灰色の空高く、木星が四角いサファイアのように輝いて姿を見せた。

——おお、汝、
夜の胸の谷間におかれし、まばゆき朝《あした》の星よ！
我は汝を崇めん、イーヴォー！

　　我は汝を崇めん、イー・アー・オー！

　ぼくは大きな声で応えた。

「星を求めし人よ！　星を見つけし人よ！　双子の星よ、銀色に輝きし！」

　どんどん上昇をつづけた。ぼくと夜明けの間には大きな雷雲がたれこめていた。畜生、よくも！　そんなところにいることはないのに。なんとかその雲の奴を乗り越えて、踏みつぶしてやらなくては。

——おお、汝、
　稲妻の牙にかかりし、嵐の紫色の胸よ！
　我は汝を崇めん、イーヴォー！
　我は汝を崇めん、イー・アー・オー！

かすかに漂う霞がぼくらを取り囲んだ。雲の中でルーが喜んでいたことは知っていた。間違っているのはぼくのほうだった。あらゆるものを限りない喜びと受けとめられるだけのコカインをぼくは飲んでいなかったのだ。ルーの愛情のお蔭でぼくは本来の自分を脱して、誇らしげなルーの情熱の中へと入り込んでいけた。ぼくは霞を理解した。

――おお、汝、
朝の唇をしめらす、はかなき露よ！
我は汝を崇めん、イーヴォー！
我は汝を崇めん、イー・アー・オー！

その時、ぼくの現実的な一面が、はっとするくらい突然、自己主張をした。海岸線がぼんやりと見えてきた。自分の掌同然によく見なれた海岸線だった。パリへの最短距離からは少しはずれて、やや南へそれて飛んでいたのだ。

下では灰色の海が波打っていた。皺のように動いている波を見ていると（いかにも気ちがいじみてはいるが）ぼくは老人の笑いを連想してしまった。ぼくは何かが間違っている、と俄《にわか》に直感した。と、たちまちその問題が明らかになった。ガス欠だった。

憎悪の念がぱっと光って、ぼくの心はまたキング・レイマスのことを考え始めた。「軽率な奴だ！」あいつは、面と向かってぼくを莫迦よばわりしたようなものだ。ぼくはあいつを、人を莫迦にして軀《からだ》を揺らしながら笑っている海みたいだと思った。

いつでもぼくは自分の部隊の隊長のことを考えてはくすくす笑ってきた。ぼくが大した飛行士じゃないって？　これを見れば分かるだろう！　たしかにそのとおりだったな。前よりは遥かに上達してはいたけれども、一つだけ点検するのを怠ってしまったのだ。

事態がずいぶん深刻なことは分かった。成すべきことはただ一つ、エンジンを切って滑空し海峡に降りることだけだ。ぞっとするような問題が幾つもある。

ああ、もう一度嗅がなくては！　大きく螺旋を描きながら海へと急降下する中で、ぼくはなんとか罎を取りだした。もちろん、あの風の中で鼻から吸いこむのが無理なことくらいはすぐさま分かった。ぼくはコルク栓を抜いて、罎の首に舌をつっこんだ。

　ぼくらはまだ海抜三千フィートかそこらのところにいた。決断する時間は沢山ある、無限にある、とぼくは薬が効き始めるにつれて思うようになった。ぼくは素晴らしく落ち着きはらって行動した。ディールから出帆してきたばかりの漁船から百メートルも離れていないところにぼくは着水した。

　もちろんぼくらは何分もしないうちに引きあげられた。それからあとで、漁師らが引き返して飛行機のほうも岸に引き上げてくれた。

　まったくおかしな立場に立たされているというのに、ぼくはまず燃料を補給してから飛行を続けようなどと考えていた。しかし、浜辺にいた人たちは同情しながらも、可笑しくて仕方がないという気持ちも相当強くもっていた。午前四時だというのに夜会服を着てずぶぬれなのだから当たり前だ！　ヘッダ・ガブラー〔H・イプセンの同名の劇の主人公で大学教師の妻〕も言ってるが「こんなことをする人などいやしません」〔『ヘッダ・ガブラー』第四幕参照〕

　ところがまたコカインのお蔭でぼくは助かった。他人の言うことなんぞ、どうしてぼくが気にしなくちゃいけないんだ。

「燃料はどこに行けば入れられますかね」ぼくは漁船の船長に訊いてみた。

船長は無気味な笑みを浮かべた。

「燃料だけじゃ、ちょっと済まねえですよ」

ぼくはちらりと飛行機を見た。なるほど言うとおりだった。少くとも修理に一週間はかかる。

「旦那、ホテルへ行って少し暖かい服でももって来たほうがようござんすよ。ご婦人がふるえてますがな」

まさにそのとおりだった。ほかにすべきことなどない。ぼくらは一緒にゆっくりと浜を歩いた。

無論、眠るなんて問題外のことだった。二人とも冴えきっていた。ただ熱い食べ物を沢山欲しいだけだった。

ともかくぼくらは食事をした。

ぼくらはなんだかまるっきり新しい世界に入りこんだような気がした。災難に遭ったお蔭であのオーケストラまがいの聖譚曲《オラトリオ》からは解放された。ところが、その一方では、まだ一所懸命にやらなければいけないことが山ほどあった。

ぼくらは二人とも三食分の朝めしをたいらげた。で、食べながら話をしたのだが、ほとんどは愚にもつかぬことばかりだった。とはいっても二人とも、全てごまかすためということは百も承知だった。まずやるべきことは、できるだけ早いところ結婚してしまって、コカインを買い込んで逃げ出し、永久に愉しくやることだった。

ぼくらは街に使いを出して非常用の衣服を買って来てもらい、牧師をさがしに出掛けた。牧師は俗世を離れて数年どいう老人だった。牧師はぼくらを見て、若さと情熱を別とすれば特にまずいところはないというふうで、ただし二人を一緒にするには三週間必要だ、ととても残念がっていた。

老牧師が法律の説明をしてくれた。

「ああ、それじゃ話は簡単です」とすぐさまぼくらが応えた。「これから一番の列車でロンドンへ行きましょう」

それからは特に記すべき出来事もなかった。二人ともすっかり感覚が麻痺していた。二人の邪魔になるものは何もなかった。プラットフォームで待つのも苦にならなかったし、古くさい列車がロンドンまで騒々しい音をたてて走っているのも気にならなかった。

何もかもが予定に入っていた。何もかもが楽しくてしょうがなかった。ぼくらは自らを超えたところで生き、凄じい速度で生きていた。飛行機の速度というものは単なるシンボル、ぼくらの気高い精神が肉体に投射されるだけのものにすぎなくなった。

翌日からの二日間は無言劇みたいに過ぎて行った。汚らしい小さな部屋で、汚らしい小男の立ち会いのもと、ぼくらは結婚した。車をレイマスに返した。ぼくは車を湖のはずれの空地に駐車したまま忘れていたのだが、それを見つけて嬉しくなってしまった。

めまぐるしく頭の中を智慧が駆けめぐり、ぼくは実に色々なことを決めてしまった。四十八時間もしないうちにぼくらは荷物をまとめてパリに向かった。

詳しい事は何一つ覚えていない。あらゆるできごとが成分となって融合し、「昂奮」という名の合金を造っていた。あの間、ぼくらは一度眠っただけだったが、熟睡して、疲れなど全く感じず、すがすがしい気分で目覚めた。

ぼくらはグレーテルを訪ね、コカインをもらった。グレーテルは親愛なるサー・ピーターからはびた一文受けとろうとはしなかった。レディ・ペンドラゴン〔貴族でもないのに勲功士の妻にはレディの敬称が冠せられる〕となったルーと会って、大喜びで、ハネームーンのあとで二人で遊びにいらっしゃいと誘ってくれた。

グレーテルを訪ねて行ったこの時のことは今もぼくの心に残っている。ぼくは、グレーテルこそ実は黒幕なのではないかと漠然とながらこの時気づいたような気がする。

グレーテルはぼくらをご主人に紹介してくれた。ご主人は太った大きな男で、太鼓腹をしていてあご鬚をたくわえており、高潔の士との評判をとっていて、まったく当たりさわりのないことを愛想よく喋っていた。しかし、ぼくはその目に潜む狡猾な光を見のがさなかった。見せかけの無邪気さとは裏腹だった。

もう一人男性がいた。ジェイベズ・プラットとか言う非国教徒のなまぐさ坊主で、若い頃に、自分の使命は善行をして歩くことだと悟ったという。たしかにあの牧師は善行をずいぶんしている――ただし自分に対してだけ、と評する人もいた。政治に関してはこの牧師の主義は至って単純だった。何かを見たら、それをやめさせなさい、というのだ。今あるものは全て悪しきものなのだから。世界は悪の巣窟だ、という。

牧師は麻薬の害を抑える法律を通そうとやっきになっていた。

ぼくらはそっとグレーテルの方をぬすみ見ながら、まったくおっしゃるとおりでと微笑んだ。あの莫迦な牧師の奴、ぼくらがコカイン漬けだってことを知ったらどうだろう！　陳腐な事を大仰に言うので、ぼくらは坐って拍手を送ってやった。

ぼくらは列車の座席について、あの莫迦莫迦しい出来事に大笑いした。確かに客観的に見ればとくに滑稽なことはなかったようなのだけれども、しかし、何がおかしいかなんてことはそう単純に言い切れる問題じゃない。多分、何か別の事が起こっても同じように大笑いしたのだろう。ぼくらはカーブしている坂に差しかかった。愛情の高まりとコカインの効き目が巧く一緒に作用して、ぼくらの生涯の恋と冒険は、言うなれば素晴らしい宝石に相応《ふさわ》しい台座みたいなものになった。

「毎日、どこから見ても、私はどんどん元気になっている」

クーエ氏〔フランスの心理療法学者エミール・クーエ。特に一九二〇年頃米国で流行した自己暗示療法であるクーエ療法は右の標語によって著名〕の今や有名になってしまったこの文句は、あのコカイン新婚旅行の時のカーブを正確に知的に表現している。日常生活なんてものは離陸前の飛行機みたいなもの。まずひとしきり震動が伝わってくるが、この段階ではまだどうやら滑走しているようだということくらいしか言えない。それから、次に離陸し始め、飛行に入るともう妨害するものはすっかりなくなってしまう。

しかし、それでも精神面での障碍物はまだのこっている。垣根、家並み、楡《にれ》の森など、そんなものを取り払わなくてはいけない、と気づいて皆、少し不安になるのだ。でも、無窮の蒼空へと上昇して行くにつれて、精神的な高揚感とともに限りない自由な感覚が湧いてくる。

法律とやらのお蔭で国民の自由がすっかり踏みにじられる前の、というよりも小役人どもの手に法律が渡る前のイギリスに暮らしていたぼくらの先祖たちは、多少なりともこの自由な気分を味わったことがあるに相違ない。

半年ほど前になるが、ぼくはある煙草を輸入した。世界で最高の純粋なペリーク葉だが、そのうち刻むのが面倒になってしまったので煙草屋に送って刻んでもらおうとした。

ところが、税関の許可証が無いと駄目なんだそうだ。

ぼくは本当は警察に自首したほうがいいのだろうと思っている。

そう、すっかりコカインに振り回されるようになると、このおかしな古くさいゆがんだ地球がでこぼこなんだということがまるで分からなくなってしまう。たしかに、ある意味では、みんな人生の様々な問題を処理していく能力はあるんだ。

人間のかかえる問題の半分は、問題があると意識するから問題になるだけで、もし問題があることを忘れてしまえば、まるっきり問題にならなくなってしまうのだ、とクーエ氏は言ってるが、全くそのとおりで、この点ではクリスチャン・サイエンスの信奉者その他、みんなの言うとおりだ。

「目が見ていないものを、心はくよくよ悲しまない」というような意味の古い諺がぼくらには無かったろうか。

コカインを飲んで新婚旅行に出掛けている時は、ほんとうにある程度は、友達よりも秀《すぐ》れていられる。どんな問題にも自信をもってぶつかっていけるからだ。フランス人の言う情動《エラン》と無頓着《アンスシャンス》がうまく一つになった精神状態になっているのだ。

大英帝国の今日はこの精神のお蔭だ。青年たちがインドを始め実に色々なところへ出掛けて行って、誰彼なくいいようにあしらえたのは、あまりにも何も知らなかったため自分の行く手をはばんでいる問題について理解できなかったからだ。お前は血筋がよく、パブリック・スクールから大学へ進学して指導者たるに相応しい教育を受け、敗北は不可能だと教えられ、また挫折してもそれに気づかないよう教えこまれていたのだから、うまくいかない筈《はず》がなかった。

　ぼくらが帝国を失いかけているのは、「憂鬱の青白い顔料で硬く塗りつぶされて」しまったからだ〔シェイクスピア『ハムレット』第三幕一場参照〕。知識人《インテリ》どものせいでぼくらは「魚は食いたい、脚は濡らしたくないの猫」〔シェイクスピア『マクベス』第一幕七場参照〕みたいになってしまった。つまりハムレットの精神がマクベスの精神に取って替わってしまったというわけだ。マクベスが失脚したのは、マクダフの口から魔女たちの予言の意味を聞かされて、すっかり落胆してしまったからだ。

　コリオレイナスが失敗したのは、立ちどまって考えていたからだ。詩人も言ってるとおり、

「知識を好むようになれば、生きるということが嫌になる」

　コカインはためらう気持ちをすっかり取り除いてくれる。しかし、ぼくらの先祖たちは自らの手で本物の自由を勝ちとったからこそ、精神も自由でいられたのだ。コカインなんぞはから元気にしかすぎない。しかし、それでも効いている間は、結構なんだが。

桃源境にて

第四章

パリでの最初の一週間をどんなふうに過ごしたのか、詳しいことはまるで覚えていない。細かいことなどもうすっかり忘れてしまった。ぼくらはめまぐるしく次から次へと快楽を満喫した。なんでもかでも楽々とやってのけた。ぼくは盲目的な尽きることのない愛の至福についてどうにも表現できなくなっている。あらゆるできごとがやはり同じように洗練された絶妙なものだった。

無論、パリはとくにあんなふうな精神状態の人間と付き合ってやろうと懸命になってくれている。ぼくらは普通の十倍の激しさで生きていた。色々な意味でそう言える。ぼくは無鉄砲にやることがどんなに愉快か考えていたので、現金で一千ポンドをロンドンから持ち出していた。ぼくらは楽しくやるつもりだったのだ。金なんていくらかかろうと関係ない！

　ぼくは、一千ポンドもあれば、いつまでもいつまでもパリをありとあらゆる色で塗りつづけられるものと思っていた。ところがどうして、一週間もするとその金はすっかり使い果たしてしまって、もう一千ポンド送るようロンドンに電報を打つ破目になってしまったのだが、その金もすぐに底をついた。ぼくらの手もとには、ルーのドレスが二、三着と大して高くもない宝石類が少しあるだけで、あとは文無しだった。

　ぼくらは実に倹約家だと思っていた。金など使う必要がないくらい仕合わせだった。それは、一つには、愛というものはわずかなもので満ち足りるからだ。ぼくはそれまで愛の意味を知らなかった。

　あの新婚旅行の間で、一番新婚旅行らしい思い出は、どうやら目覚めていた時のことのように思える。モンマルトルなんぞに行ってる暇はなかった。ぼくらはわざわざ食事をすることも殆《ほとん》どなかったし、また自分が食事をしていることに気づくことも殆どなかった。睡眠も必要としなかったようだ。疲れるということがなかったのだ。

　ちょっと疲れたような気配を感ずると、手をポケットにつっこんだ。こうして一嗅ぎすれば実にえも言えぬ素晴らしくも邪悪な気分に捉えられ、再び全速力で走るのだった。

書き記すに価する唯一の出来事といえば、グレーテル・ウェブスターから手紙と箱を受け取ったことだ。箱にはルーのために着物が入っていたが、これは日本の芸者が着ている絹の豪華なしろもので、夏空さながらの青地に金色の龍が描かれており、その目と舌は緋色だった。

着物に身を包んだルーの姿は、気もそぞろになるくらい神々しく見えた。

ぼくは女性に特別熱をあげたことは一度もなかった。経験した数少ない恋愛問題も、どちらかというとずいぶん莫迦らしいひどいものだった。愛がどんな可能性を含んでいるものなのかは、それでは到底分からなかった。実のところ、ぼくは愛なんて、ちょっと買いかぶられてるだけで快楽にすぎない、あれはほんのつかの間の激しい盲目状態で、あとから退屈と嫌悪感が追いかけてきているだけだ、などと思っていた。

ところが、コカインのお蔭で、何もかもが一変してしまった。

コカインは実は局部麻酔なのだという事実をぼくは強調しておきたい。そうすればコカインの効能がよく理解できる。コカインの作用で肉体は感覚を失ってしまう（誰でも知っているとおり、だからこそ外科手術や歯の麻酔に使うのだ）。

ところで、だからと言って、結婚生活の肉体的快楽がそのために弱まったなどと考えてもらっては困る。実際、何とも言えぬ玄妙な快感が味わえたのだから。人間の動物的な部分はコカインの作用のお蔭で強烈な刺戟を受けるのだ。しかし、その熱情が動物的なものだという気分はすっかり影をひそめてしまう。

ぼくはこれでもなかなか上品な血筋をひいていて、観察力は鋭いが乗り物酔いのしやすい性《たち》なのだ。恋愛問題にはつきもののちょっとしたいさかいは、普通なら心を傷つけるものなのだろうが、たっぷり薬《ヤク》を頂戴していればそんなこともない。なにもかもがまるで錬金術で変えられたみたいにこの上なく幸福なものになってしまうのだ。肉体というものを強く意識してはいるのだけれども、しかし仏教徒の言うとおり、肉体なんぞは実は苦痛と不安のもとにしかすぎない。まさしくそのとおりだということをぼくらは誰でも潜在的に理解している。しかも、それはコカインを使えばすっかり解決する問題だ。

もう一度ここでコカインには一切、反動みたいなものはないということを強調しておこう。ただえも言えぬ効果が得られるだけなのだ。普通、酒を飲んで浮かれ騒げば、翌日は二日酔いということになる。自然という奴が、ぼくらは規則違反をしたと警告しているわけだ。それから、多少の貸しは認めるけれども必ず返さなくちゃいかん、という常識を自然は与えてくれているのだ。

人類は太古の昔から酒を飲みつづけている。だから「迎え酒」は二日酔いに効くけれども、迎えすぎては駄目だということを、ぼくらは身にしみてよく知っている。

ところがコカインの場合、そんな心配はまったく無いのだ。もし、翌日は蒸し風呂に入り、食事をきちんととって体力をつけ、睡眠は二倍とるんだ、と考えられるだけの分別さえあれば、一晩中コカインをやっていたからといって具合が悪くなるようなことはない。コカインは、自分の資本だけで生きろ、資金は無尽蔵にあるから大丈夫だ、ということを教えてくれる。

前に言ったとおり、コカインは局部麻酔だ。生理学者の言う昂奮を抑制する感覚を麻痺させてしまうから、すっかり無頓着になってしまう。健康な気分に浮かれ、上機嫌になる。実に気高い昂奮に包まれるので、心配・不安といったものとは無縁になってしまうのだ。しかも、その昂奮は不思議なくらい静かで深遠だ。普通の酔いとはちがって、粗悪なものは一切見あたらない。粗悪とか穢《けが》れといった考えがそもそもそこには無いのだ。「使徒行伝」でペテロが幻影を見ながら言ったように「潔《きよ》からぬもの、穢れたるもの無し」〔新約聖書「使徒行伝」第十章第十四節参照〕なのだ。

ブレイクの言うとおり、「生きとし生けるもの全て神聖」なのだ。あらゆる行為が秘蹟となる。通常なら邪魔になったり、悩みの種になるような出来事が、陽気に笑える材料になってしまう。シャンパンの中に小さな角砂糖を落とした時みたいに、笑いが泡のようにわき上がるのだ。

これはちょっと話が脱線してしまった。しかし、コカインの効果とはまさしくそんなものなのだ。醒《さ》めた思考の流れは寸断されてしまう。きわめて些細な取るに足らぬことでも、それを口実にして突然脇道へ、激しく奇想天外な方向へ急転回して行ってしまうのだ。調和・均衡に対する感覚は消えてしまう。脇道にそれて何百万マイルも陽気に行ってしまっても、絶対に目的地を見失うことはない。

こんなことを書きながらも、ぼくはグレーテルから送られてきた箱と手紙のことについて書いているのだという事を片時も忘れたことはない。

ぼくらはパリで一人の少女に会った。レッド・インディアンの混血で、悪魔的な魅力をもった可愛らしい娘《こ》で、聞いたこともないような忌わしい数々の話を知っていた。この娘はコカインの常用者だった。いずれにしても大した教育は受けていなくて、こんなことを口走った。

「あたし、広くて素敵な庭にいるのよ。小箱を沢山かかえてるもんだから、かかえきれずに落っこちていっちゃうの。拾おうとしてかがむと、別のが落ちちゃって、ずーっと庭を歩き回ってるの」

グレーテルの手紙にはこんなことが書いてあった。

――親愛なるルーへ　先日あなたとそれから旦那様になられるとても素晴らしいかたにお目にかかれてどんなに嬉しかったことか、それをお話するきっかけがありませんでした。こんなに早く結婚してしまわれたからと言って、あなたを責めるつもりはありません。でも、あなたも友達たちがそれを予言できなかったからと言って責めてはいけませんよ。そんなわけで贈物をもって伺うことはできませんでしたが、早速手は打ちました。私はご存じのとおり貧乏ですけれども、お贈りした品物を、誰よりも可愛らしく魅力的な女性への深い愛情のしるしとして、大したものではありませんけれどもお受け取り下されば幸いです。ひとこと申し添えておきます。「中身は外側より良いこともある」。サー・ピーターには呉々もよろしくお伝え下さい。お二人のご多幸をお祈り申し上げます。もっとも、私の存在などご存じないとは思いますが。

グレーテル

ルーはテーブルの向こうから手紙を私に投げて寄こした。何か理由《わけ》があったのか、あるいは何も理由などなかったのかも知れないが、ぼくは苛立った。あんな手紙をもらうのは好きじゃなかった。あの女を嫌いだったし、信用もしていなかった。

「変なやつだ」とぼくはかなり厳しい口調で言った。

その時の声はぼくの声とはちがっていた。自己保存の本能がぼくの中で喋っていたのだと思う。

ところがルーはまばゆいばかりに輝いていた。ルーのすること喋ることがすべてどんなふうにきらめいていたか人に教えてあげられたらいいのだが。その瞳は輝き、唇はさえずるように動き、頬は春のみずみずしい蕾さながらに赤みを帯びた。ルーはコカインの精の権化、コカインの化身となっていた。ルーがただ存在しているだけで宇宙は刺戟的なものとなった。そう、こう言ってもよければ、ルーは悪魔に取り憑かれていたと言おう。

いわゆる善人ならルーの姿を見ただけでショックを受け怯えただろう。ルーはセイレーンであり、吸血鬼であり、メリュジーヌ〔フランスの伝承で土曜日毎に足が蛇に化した仙女〕であり、危険だが魅力ある悪魔であり、といった具合で、要するに臆病者どもが自らの女々しさを弁解するために発明した架空の妖怪だった。その部屋で食事をすることくらいルーの気分に相応《ふさわ》しいことはなかった。そこでルーは新しい着物を着て、夕食の時、ぼくと踊ってくれた。匙《さじ》で何度もおかわりしながらキャビアを食べた。グラムあたり金《きん》の三倍もするなんてことはお構いなしだった。ぼくを贅沢だなんて言うのは当たらない。誰かを責めたいのならカイゼルを責めてもらいたい。元凶はカイゼルにあるのだから。キャビアを食いたくなれば、ぼくは食うつもりだ。

　ぼくらはむさぼり食った。色々と面倒なことを考えるのは莫迦げている。

　ルーは料理の合間に昂奮した悪魔さながらに踊った。東洋の藝者になったつもりでいるのはルーには愉しかった。ぼくは馬のしっぽを三本つけたパシャ〔昔のトルコの高位の文官・武官の称号で、最高位のパシャは馬のしっぽを三本つけていた〕であり、武士《さむらい》であり、華やかな大王《マハーラージャ》となって三日月刀を膝の上にのせて、ルーの首を切り捨て御免にしようと構えていた。

ルーは頬と顎に刺青を入れ、アンチモニーで眉毛を書き、唇を真赤に塗ったナイルとなった。ぼくはそのナイルを捕まえた砂漠の盗賊トゥアレグとなった。

ルーは見事に気ちがいじみた役を数限りなく演じた。

ぼくは想像力が至ってとぼしく、頭は分析的な方向に走って行ってしまう。ところが、そんな自分の性質に逆らって、割当てられた役を演じてしまうことがある。あの夕食の間に何度ぼくはボンド街のパジャマを着た教養ある夫から荒れくるう狂人へと変身したことかわからない。

ウェイターらがコーヒーと酒をおいて行ってくれた直後——二人ともまるっきり酔いもせず酒を水のように飲んでいたのだ——ルーは突然あのまばゆいばかりのあでやかな着物を脱ぎすてた。

ルーは部屋のまん中に立って、シャンパン・グラスに半分ほどブランデーを入れて飲んだ。うっとりするくらい大胆なルーの仕草にぼくは内心叫び声をあげた。急に雄鹿を見つけた虎みたいに跳び上がってしまった。

ルーは昂奮を抑えきれずに一面にくすくす笑っていた。「一面にくすくす笑う」なんていう表現がないのは知ってるが、そうとしか言いようがないのだ。

ルーはラグビーの国際試合でフルバックをやっているみたいに、ぼくの突進をくい止めた。

「鋏《はさみ》を持って来て」とささやいた。

すぐにどういうことなのか分かった。まったくそのとおりだ――ちょっとコカインをやりすぎていたのだ。五回くらいは嗅いでいたと思う。興味がおありなら、ページを戻って数えてみればよろしい――ドーヴァー海峡の上空一万フィートのところを飛んでいたころまで戻ればいい。ただし、蹄鉄の釘の値段が一本目よりは二本目、二本目よりは三本目とどんどん高くなる――父はぼくが子供のころよく、これはおかしいと言っていたが――のと同じで、コカインの効果もただ回数だけでは決められないのだが。ぼくの言ってる意味が分かってもらえるだろうか。つまり倍賭けみたいなものなのだ。たしかに二人ともコカインのやりすぎだった。

五回！　しかし、ぼくらのような若者が二週間に五回とは大したことじゃない。

グウェンドレン・オッターはこんなことを言っている。

――わが心の中の心よ、
蒼白き月の光を浴びて、

何故にわれらは明日の夜まで待つのか

それから、これも要するに同じことを言ってるのだ。

――わが心の中の心よ、
雨の中から出てくるのだ、
コカインをもう一回やろうではないか

ぼくは詩となるとまるで不得手なことは自分でも知っている。すぐれた女流作家なら微笑んで――たとえそれが社交上の微笑だとしても――そっとぼくの残骸の上を通りすぎて行くだけの余裕はあるものだ。でも、ぼくはたしかに本質は捉えていたのだ。

――停まらねばならぬところまでいつでも進んで行くがよい、
もう一嗅ぎやろうじゃないか、大将！

いや、これでは風格がないな。

――進め！　攻撃！

のほうがいいだろう。このほうが威厳もあるし、愛国心もあるし、言いたいことがうまく表現されている。もしお気に召さないのなら、別の機会にでもご質問下さい。

ところでぼくらが無鉄砲だったなんてことは断じて無い。自由に使える資金は相当もっていた。「いんちき会社」みたいな雰囲気はぼくらにはこれっぽっちも無かったはずだ。

いつでもマッチを肌身離さず持ってることがどんなに難しいことかは誰でも十分承知している。実にとるに足りないものだ、マッチなんて――いつでも使っているし、いつでもすぐに別のが手に入るし、箱の中に一本も無くても全然驚くこともない。ぼくがこの点で、常軌を逸した考え方をしていたことなんて、一瞬たりとも無かったと言っておこう。

ただし、あの月夜のパリへの飛行のことはもちださないでもらいたい。ガス欠だったことは認める。しかし、初めて恋愛にのめりこんだ時には誰だっていつもの習慣をちょっと逸脱しがちなものだろう。グレーテルのことを他人がとやかく言おうと、ともかく素晴らしい女性だということがぼくには嬉しかった。ただし、ごく当たり前の素晴らしい女性だということではない。ぼくはグレーテルがいわゆるヴィクトリア朝初期に言われていた意味での真の友だと言って構わないと思う。

グレーテルは真の友だっただけでなく、実に聡明な友でもあった。質の良いコカインがもうすぐ無くなりそうなことを明らかにグレーテルは予め察知していたのだ。

これは勘ぐらずにそのまま受け取ってもらいたいことなのだが、ぼくという男は——かりに男と言えるとして——さきほど言ったような日本の着物を着た女性との新婚旅行を中断してまで、ひどい身なりになって麻薬密売人を探してパリ中歩き回りたいと思うような人間ではないのだ。

もちろん、ウェイターを呼びつけて、二、三立方キロメートルもの薬《ヤク》を持ってこさせることだってできただろう、と言われるかもしれない。ところが、残念ながらぼくらが泊まっていたホテルのことをご存じないから、そんなことが言えるのだ。ぼくらはまるで害のないことを考えながら、そのホテルへ行ったのだった。ホテルはエトワールのすぐそばで、貴族や地主階級の御曹司むきの実に立派な一流ホテルのように何も知らない人の目には見えた。

ぼくがそのホテルをつぶしたがっているなんて先走りはしないでもらいたい。フランスはひどい損をしてしまっただけだ。ぼくらのいた階のウェイターは中年男性で、キャビアをいじっていない時には、多分ラマルティーヌ、パスカル、テーヌといったおそろしく古臭い退屈な連中の作品を読んでるような男だった。でも、そのウェイターがいつでもちょっとショックを受けたような顔付きをしていて、特に髭を剃る時なんかそうだったということは別段かくす必要もなかろう。いつ部屋に入ってきても絶対に妙なことを頼める相手ではなかったのだ。

ぼくには少しばかり心理学者めいたところがあって、あの男がコカインをもってくるわけがないことは十分に分かった。煙草屋を一店くれてやるから、と言ってもそんなことはしない男だった。

もちろん、グレーテル・ウェブスターがあのウェイターのことを何か知っていたなんてことをぼくが誰かに信じてもらいたいと思ってるわけじゃない。グレーテルがしたのは、ただ実に先見の明があることを示し、また好意を示しただけだった。間違いなくグレーテルには経験があった。ブッシェルとかバーレルとかホッグシェッドとか、ぼくなどが学校では教わらなかった単位を使って喋っていた。

　グレーテルはごく普通の言葉で、とくに何かをじっくりと考えることもなく、こんなふうに独り言を言った。

「何かわけがあって、あの人たち、人生の非常に大事な時だというのに、薬のことになると臆病になっているのかもしれないわね。それじゃ、あの人たちが手に入れるのを見とどけるのが、あたしの役目になるわ」

　こんなふうにグレーテルのことが頭をよぎっているうちに、ぼくは爪切り用の鋏を手にしていた。ルーは着物の糸をチョキンチョキン切っているところだった。あの魅力的な指がふれて「異物」感を覚える邪魔な部分を切り落としているのだった。

　そう、間違いなかった。グレーテルにはぼくらの心理が分かっていたのだ。ぼくらもグレーテルの心を分かっていたように。だから何もかもが実に巧く運んだのだ。

　着物を駄目にしなくてはならなかった、なんて思わないでくれ給え。キルティングの縫いひだのところを切っただけだ。それから、小さな白い絹の包みが入っていた。包みを開けると、ぼくがモンブランなんぞよりもずっと見たいと思っていた雪のような薬が山ほど入っていた。

　こいつを見てしまうと、嗅がなくてはならなくなるものなんだが、分かってもらえるだろうか。何のために？　それは誰にも答えられない。のどに効くなんてことは言わないでくれ給え。ルーはのどの治療をしなくちゃならなかったわけでも何でもないのだから。ルーはメルバ〔オーストリアのソプラノ歌手〕のように歌ったし、また桃《ピーチ》みたいでもあった。つまり、ルーはピーチメルバ〔砂糖煮の桃をバニラアイスクリームに添えてラズベリーのソースをかけたデザート〕だった、ちょうど二足《た》す二が四になるのと同じだ。

　たしかにぼくらは嗅いだ。それから二人でホテルの部屋の中をぐるぐると何年も踊り回った。時計は八分か九分しかたっていなかっただろうが。しかし、アインシュタインが時間とは空間のもう一つの別の次元にすぎないと証明したのだから、時計なんてもちだすのは意味のないことだろう。天文学者が地球は毎時一千マイルの速度で自転しているとか毎分一千マイルの速度で公転しているなんてことを証明したところで、何になるというのだ。

　ぐずぐずしていて置き去りにされるなんていう考えはまるで莫迦げている。気がつくと月にいて、ジュール・ヴェルヌとH・G・ウェルズといった連中しか話し相手がいないということのほうがいかにもありそうな話だ。

ところで、あの白い絹の包みがとても大きかったなんて思われては困る。ルーはテーブルにかがみこんで、『英国人名辞典』だったか何だったかに出てくる蟻食いみたいにその長くて薄い舌を突き出して例の粉を舐めまわしていたが、そのうちぼくは殆ど正気を失ってしまった。

ぼくはルーにこんなことを言われたことがあったが、それを思い出して、ハイエナのように笑ってしまった。「あなたのキスって、コカインで苦いわ」あのスウィンバーン〔英国の詩人・評論家。一八三七―一九〇九〕という奴はいつでも苦いキスのことばかり書いていたけど、何が分かっていたのかな、あいつに。

コカインを口いっぱいにつめこんで初めて、キスをすることの意味が分かるものだ。一度のキスだって、バルザックとかゾラとかロマン・ロランとかD・H・ロレンスとかいった連中の小説と同じで、色々と変化に富んでいるものだ。だから飽きるなんてことはない！　いつでも全速力でつっ走っていて、エンジンは子猫がのどを鳴らすみたいな音をたてる。顎の鬚に星みたいなものが混じっている大きな白い子猫だ。いつでも違っているけれども、いつでも同じで、決して停まるということがない。だから、みんなは気が狂ってしまい、そのまま狂気にとりつかれてしまうのだ。ぼくが何のことを言ってるか、多分皆さんには分からないのでしょうな。でもぼくは全然お構いなしで気にしない。お気の毒に、とは思うけれども。ルーみたいな女とコカインをしこたまものにしてしまえば、もうそれだけで誰にだって分かることだ。

あのレイマスという奴は何と言ってたかな。

――きみの悪魔のような笑みをぼくの脳髄に突き刺すがよい、
ぼくをコニャックとキスとコカインに浸すのだ

変な野郎だ、あのレイマスという奴は。でも、あんなことを言うということは、あいつが薬《ヤク》のことを結構知っていたという立派な証拠になるような気がする。もちろん、あいつは知っていたんだ。ぼくはやっこさんがコカインをやってるのをこの目で見たんだから。なかなかの腹黒だ。一シリング賭けてもいい。ずいぶんよく知ってるんだ、あいつは。それだけは間違いない。どうして、みんながあの男のことをあんなふうに悪しざまに言うのかぼくには分からない。

それにどうしてぼくはあいつをあんなに疑ってかかったのか自分でも分からない。たぶん、根は非の打ちどころがないくらいちゃんとした奴なんだ。少しばかり変わったところがあるけれども、でもだからといってそれでどうなるというものでもない。

ちょっとしたおかしな事に気をもみだしたら、ルーなんてどうだというんだ。あれくらいの変わり者もいないものだ。それでもぼくは愛しているんだから。

「もう一回、あなたの手で嗅がせてよ」

ルーは復活祭の朝モスクワで鳴る鐘の音《ね》のような声で笑った。いいですか、ロシアの復活祭はぼくらのところとは時期が違うんですよ。二週間――どうしてだったかはまるで覚えていないが――早くやることにしたんだ。ぼくの言うことが分かってもらえるかな。

ルーはからになった絹の包みを宙に投げて、それをパシッと歯で受け止めた。それを見ていると、ぼくはまたなんだか正気を失いそうになった。ぼくは鳥にでもなりたいな、と思い、あの鋭い白い小さな門歯で頭をパクッと咬《か》み取ってほしいと思った。

わがペンドラゴン夫人はなかなかのやり手だ！　取り乱すこともなく、別の包みを切り開いた。すると中からは小鳥がさえずりながらでてきたわけではなく、ルーが昂奮した口調でこう言った。「ねえ、コッキー、これは薬じゃないわ」

ここで説明しておいたほうがいいだろうが、ルーがぼくをコッキーと呼んだのは、ぼくの名前がピーターだということをふまえてのこと〔コッキーもピーターも男性の性器を意味する俗語〕。

ぼくは夢見ごこちの気分から醒めた。言われたものを見たが、きっともの憂げなどんよりとした目で見ていたのだろうと思う。しかしすぐにぼくは永年の訓練のお蔭で助かった。

小さなチョークでも作れそうな白い粉があった。ぼくは指でつまんでこすった。それから匂いを嗅いでみた。何も分からなかった。口に入れて味をみたが、やはりそれでも何も分からなかった。というのも、舌の感覚がコカインですっかり麻痺してしまっていたからだ。

でも、調べてみるなんていうのは単なる形式だけのこと。どうしてあんなことをしたのか今はよく分かる。男にありがちな見てくれだけの動作《ポーズ》だったのだ。ルーの前でいい恰好をしたかっただけのことだ。ぼくは大した科学者なのだという印象をルーに与えたかったのだ。何も言われなくとも、ぼくは終始、あれが何だったのか分かっていた。

ルーも分かっていた。ルーとの付き合いが長くなるにつれて、ぼくはルーの知識の幅と多様さに感銘を受けることが多くなった。

「あら、グレーテルも素敵よ」とルーは甲高い声で言った。「コカインはありがたいものだし慰みにもなるけど、そのうちあたしたちがコカインに飽きるかも知れないとあの人は思っていたのよ。だからヘロインの方を少し送ってくれたのね。人生なんて価値がない、と言う人が今でもまだいるわ」

「今までやったことあるの?」ぼくはこう訊きながらキスをして、返事をすぐにはできなくさせた。

激しい口づけが終わるとルーは、一度だけあるけど、その時はほんの少しだったので覚えている限りではまるで効き目がなかった、と応《こた》えた。

「そいつは結構」とぼくはいかにも自分の知識をひけらかすような口調で言った。「どのくらい飲めば効き目があるのかは、いつでも問題になることだな。でもヘロインは実にいいよ。モルヒネよりもずっと刺戟は上等だ。つまり幸福な平穏な気持ちになるという点ではどちらも同じだけど、ヘロインの場合には倦怠感がないんだ。ルー、君はディ・クインシーだとか、そのほか色々とアヘンについて書いた奴が大勢いるけど、そういった連中の書いた物を読んだことがあったね。アヘンは混ぜ合わせのものだよ。二十種類くらいのアルカロイドが混じっているんだ。アヘンチンキ――コールリッジもやったし、クライヴもだ。偉い連中はみんなやった。アヘンチンキっていうのはアルコールにアヘンを融《と》かしこんで造ったやつさ。でもモルヒネのほうが、アヘンなんかよりも、ずっと強力だし、重要だ。使い方は沢山あるけど注射するのが一番だな。でも注射は面倒臭いし、それに雑菌が入る虞《おそれ》がある。いつでも敗血症にならないように気をつけていなくちゃいけないんだ。モルヒネは想像力をすばらしく刺戟してくれる。それに苦痛とか心配をことごとく、魔法にでもかけるみたいに取り除いてくれる。でも、素晴らしい考えが浮かんだり、あるいは途方もない目標を達成した瞬間に、たちまち、本当にやる価値のあることなんて何一つない、という気持ちと世の中のどんなものよりも自分は秀《すぐ》れているんだという大きな優越感を同時に抱いてしまうので、客観的に見れば、結局は何もならないことになってしまう。ところがヘロインもモルヒネとまったく同じ作用があるんだ。ヘロインはモルヒネの仲間でね、ジアセチル・モルヒネというのが正式な名称だ。こいつをやれば哲学的な活気のない、無気力に陥るかわり、実にきびきびと自分の考えていることを実行する気になる。もっともぼくは一度もやったことはないけどね。そろそろ始めることにしようか」

ぼくは孔雀になって気どって歩いてみたり、くちばしで羽根をととのえてみたりしている幻覚を見た。ルーは口を半分開けたまま、うっとりとして大きな目でぼくを見つめていた。コカインのせいで瞳が開いて大きくなっていた。恋人にいいところをみせようとしている雄の鳥といったところだった。ぼくはルーがぼくのちょっとした知識に感心してくれたらいいと思っていた。途中でやめてしまった学問の中から破片を拾っては見せびらかしてみたのだ。

ルーはいつでも実行派だ。そして何をしても、どこかしら尼さんを思わせるようなところがある。ナイフの刃でヘロインを取って、手の甲にのせるときにも何かしら威厳のようなものが感じられた。

「騎士《ナイト》さん」と目を輝かせて言った。「あなたの貴婦人《レディ》が闘いのための武器をこれからあげるわよ」

こう言うとルーは握りこぶしをぼくの鼻のところへもって来た。ぼくは儀式でもしているみたいにうやうやしくヘロインを吸いこんだ。どうしてそんなことを本能的にしたのか見当もつかない。コカインの場合、昂奮して貪欲に吸いこんでしまうのはコカインの魅力のせいなのか？　それじゃ、ヘロインの場合にずっと真面目なことのように思ってしまうのはヘロインが大して魅力的じゃないからなのか？

ぼくは非常に重大な儀式を行なっているような気持ちになっていた。吸い終えると、今度はルーが自分の分を計った。それをルーは真剣に興味津々といった面もちで吸った。

ぼくは新しい患者の診察にやってきたロンドン大学附属ユニヴァーシティ・コレッジ病院の老教授の仕草を思い出した。その患者は奇病で明らかに重体だった。コカインの効き目がどうやらはっきりとあらわれてきて、ぼくらの心はじっと停まったままになった。とは言っても、活動している時と同じくらい非常に緊張した状態にはあった。

ぼくらは薬が効く前と同じくらい情熱をこめて互いに見つめ合っていた。しかし、その情熱はどこかしらいつもとは違っていた。ごく普通の、いわゆる生きる必要性というやつからは解放されたような気持ちだった。二人とも自分たちは誰なのだろう、何者なのだろう、とか何がこれからおこるのだろう、などと考えていた。と同時に、何も絶対におこりっこないという確信ももっていた。

実に異様な気分だった。普通の人間には到底想像すらできないものだった。もう少しそのことを説明することにしよう。世界一の藝術家にだってぼくらの感じていたことは想像できっこないと思うし、かりに想像できたとしても表現することはできないだろうと思う。

ぼくはなんとか自分の力でそいつを言い表わしてみようとはしているのだが、どうも巧くいきそうにない気がする。考えてもみなさい、英語には限界があるんだ。数学者や科学者が自分たちの考えていることをやり取りしたいという場合には英語はあまり役に立たない。新語とか新しい記号を造り出さなければならなくなってしまうのだ。アインシュタインの方程式を見たまえ。

ぼくは以前、ジェイムズ・ヒントンと知り合いの或る男を知っていた。ヒントンは四次元を造りだした人物だ。男は実に明朗ないい奴だったけれど、ヒントンときたらごく普通の話題ならその男の少なくとも六倍の速さで何でも考えてしまうんだ。ところが、いざその考えていることを説明しようという段になると、どうしても説明できなくなってしまうんだそうだ。

これは何か新しいことを考えついた人間なら誰でも出くわす難問だ。みんなこういった天才の言わんとすることを理解できないと言って嘆き、また非常に迷惑な顔をするものだ。そして大抵の場合は天才を迫害し、無神論者だとか堕落してるとか言ってみたり、やれドイツびいきだのソ連共産主義の肩棒かつぎだのと囃《はや》したてたり、要するにその時代その時代に応じた適当なレッテルを貼って非難するものだ。

ウェルズは偉人たちを扱った著書の中で、ちょっとこのことに触れているし、バーナード・ショーも同じく『メトセラへ還れ』で触れている。特にそれが誰の罪だというわけではないが、しかし確かにそういうことはあるわけで、誰でも避けられない罠のようなものだ。

そして、ぼくという何の変哲もない平凡な男がいた。人並みの頭の持ち主なのだが、突然、世の中から孤立していて、自分しかいない世界にいることに気づいたのだ。何か途方もなく恐ろしいことを言いたいような気はしたのだが、しかしそれが何なのかは自分にさえ分からなかった。

ぼくの真向かいにはルーが立っていた。ルーも全く同じ苦境に立っていることは、本能的に、つまりお互いの心が同調・共鳴したので、すぐに分かった。

ぼくらはわざわざ言葉に出さなくても互いに意思の疎通ができた。完璧に理解し合っていた。目差《まなざ》しと身振りを微妙に使い分けるだけで言いたいことが通じた。

世界が急にじっと止まったままになっていた。あらゆるものが沈黙した夜の中、存在するのはぼくら二人だけだった。どうにも言いようのない具合に、二人は永遠と結びついていた。あの果てしない沈黙はやがて花開き何もかもを包みこんでしまうのだ。

ヘロインが効き始めた。ぼくらは素晴らしい静けさを与えられた気分になった。ぼくらが支配者なのだ。今や無の中から二人は誕生したのだ。そして、今度は徐々に行動しなければならなくなった。ぼくらの性質の中には、なんとか外へ出ようとする性質がある。まずお互いに個性をしっかり混ぜ合わせてしまうと、ぼくとルーの中にある力がすべて合わさって一つになった。

ある意味では、ぼくらの幸福感はあまりにも大きかったため、それに耐えられないほどだった。ぼくらは少しずつながらも、こうしたことを認めざるを得なくなって行った。つまり、言語を絶した神秘的な事柄というものは何か神聖な儀式によって表現するしか手はないのだということを。

ところが、今話したような事は、現実と遥かにかけ離れた次元での出来事なのだ。真実というやつは隠れた解釈の鎖によって、ごく当たり前の平凡な事実と結びつけられていた。即ち、今こそモンマルトルへ行き、そこで夜を過ごすべきなのだという当たり前の事実と。

ぼくらは、まるでなりたての新米牧師が初めて祭服を着るみたいに嬉々として服を着て出かけようとした。

これはその時のぼくらの様子を見た人がいたとしても、何をしてるのか分からなかっただろうし、また疑念をもつこともなかっただろう。ぼくらは服を着ながら笑い、歌い、とりとめもない言葉を陽気にかわした。

階段を降りながら、まるで死とは縁のない世界にいる神が地上に降りようとしている、といった気分になっていた。

コカインをやった時には、人が妙な笑い方をしているように見えた。自分らの熱狂ぶりが観察されているといった感じになった。それに、皆が同じ歩調で歩いてくれないことに少しばかり腹も立った。ところが、ヘロインの場合はそんなことはなかった。自分は人間よりも高位の存在なのだという気分が絶えずつきまとっていた。言葉などでは到底言えないくらい威厳に満ちていたのだ。自分たちの声が遥か彼方の遠いところまで轟いた。ぼくらは、ホテルのボーイが自分はユーピテル〔ローマ神話の主神。ギリシア神話のゼウスと同じ〕とユーノー〔ユーピテルの妻〕からタクシーを呼ぶよう命ぜられているのだということを知っているものと、すっかり思いこんでいた。

ぼくらは運転手が自分のことを太陽の馬車を操る御者だと知っているものと疑わなかった。

「こいつは申し分のない素晴らしいものだなあ」とぼくは凱旋門を通過する時ルーに言った。「こいつを見ても特に何にも感じなかったなんて君は言ってたけど、ぼくにはその気持ちがまるで分からないね。そうか、君は申し分のないくらい華麗だからなあ！」

「そのとおりね」とルーは笑った。「王様の娘っていうのは内面も輝くばかりに美しいものなのよ。着ている物は黄金でできてるの。キスしてもらう時には顔をつき出すのよ、まるで彗星が太陽に向かって進んで行くみたいにね。あなた、あたしが王様の娘だっていうこと、知らなかったの」とルーはあまりにもおごそかに、色っぽく笑みを浮かべて言うものだから、ぼくはすっかり嬉しくなって気を失いかけた。

「停まって、コッキー」とルーが甲高い声をあげた。「いいわ。あなたも素敵、あたしも素敵。あたしはあなたの可愛い奥さんよ」

ぼくはその気になればタクシーの中のカーテンを引きちぎることだってできた。まるで巨人になったようなつもりになっていた。ガルガンチュワなんて小人だ。ぼくは何かを粉みじんにぶっつぶしてやりたくなって、困《こう》じ果てた。なにしろその粉みじんにしてやりたい何かというのがほかならぬルーなのだが、しかし同時にまたルーは明朝《みん》だったかなんだったかそんなふうなひどい時代に創られた最上の華奢なことこの上ない磁器でもあったのだから。

まったくかよわくも美しい女だ！　触れれば汚《けが》れてしまう。結婚なんて獣《けだもの》のすることだという気分になってぼくは急に吐き気がした。

俄《にわか》に覚えたその嫌悪感が、実は愛情をこわしてしまうヘロインの効果の前兆となっているとはその時は全く考えてもみなかった。アルコール、ハシッシュ、コカインといった刺戟物のお蔭でキューピッドは自由自在に動き回るのだ。破壊的な影響があらわれるのは一種の薬物反応だ。言ってみれば薬に借りがあるということになる。借金をしているということだ。

しかしぼくの言う哲学的なタイプの麻薬というのは、つまりモルヒネとヘロインがその代表格になるわけだが、この種の麻薬は活潑な感情及び感情的活動とは折り合わないのだ。普通の人間の感情は、表面的には霊的に見える性質のものへと姿を変えてしまう。ごく当たり前の普通の感情が普遍的な慈悲の心になるのだ。限りなく寛容な人類愛になるのだ。なにしろ道徳律なんてものは無意味になってしまったのだから。悪魔顔まけの誇《プライド》りが心の中で大きくふくれあがる。ボードレールがこんなことを言っている。

「汝は激しい軽蔑の念をもち合わせてはおらぬのか。それがあれば心は優しくなるというのに」

ぼくらはモンマルトルの山を上ってサクレクールの方へと向かいながら、すっかり落ち着いた幸福な気分に浸って一言も口を利かずにいた。二人とももうその時には疾《と》っくに昂奮状態の極致にあったことだけはここで言っておかねばならない。ヘロインの効き目があらわれてそんな具合になってしまったのだ。

燃える翼を夢中になって羽撃《はばた》かせて空を翔けめぐるなどということはせずに、二人とも際限のないエーテルの中、遥か高いところに浮かんでいた。ぼくらは時折、例の粉を特に貪欲になるわけでもなく、あわてるでもなく、欲しいとすら思わずに補給した。途方もないくらい激しく昂奮したものの、存分に慎重にものを考えることはできた。意志というものはすっかり失くなってしまったみたいな感じだった。ぼくらはとくにどこかへ行こうというつもりはなかったが、それは単に二人ともそんなことをする気がなかったからというだけのことだった。幸福感はやがて刻一刻と強烈なものになってきた。

コカインをやると、あらゆるものを自分の支配下に置くことができるのだが、しかしそれでいて何もかもが大変な問題になってしまうのだ。

ヘロインの場合、その支配感は極めて強いため、何か問題になるようなものなどは一切消え失せてしまう。さらに、アヘン吸引者ならしないような面倒臭い作業を偶々《たまたま》しているところだったとしても、それをやめてしまおうという気にもならない。肉体の方はまったくいつもと変わらない状態にあるので、ごく普通に行動することができる。

自分たちは無限の力をもっているのだと感じてはいたものの、同時にごく普通の日常的事柄に関しては常識を完璧にわきまえていた。

ヘロインのヒロイン

第五章

　ぼくはプラース・ドュ・テルトルでタクシーを停車させた。モンマルトルの丘を歩きながらパリを眺めてみたかったのだ。

　素敵な夜だった。あんな優しい静寂はパリでなくちゃ味わえない。からっとした暑さで空気も軽やかでイギリスでは到底考えられない。

　おだやかな微風が南国の香りを漂わせつつ、セーヌ川から吹いてきた。パリそのものは青くかすんでいた。パンテオンとエッフェル塔がそのかすみの中からぼーっと浮かんでいた。まるで人類の歴史の象徴といった感じだ。気高くゆるぎのない過去と無駄のない技術文明の未来を象徴している。

　ぼくは陶然となりながら欄干に寄りかかった。ルーの腕が首にからまっていた。二人ともじっと身動き一つせずにいたので、ぼくの耳にはルーの心臓の鼓動がやさしく聞こえてきた。

「すごいね、ペンドラゴン！」

驚いたような様子だったけれどもその声は低く愛嬌があった。ぼくはきょろきょろと見回した。

もし誰かに何か訊かれたなら、まちがいなくぼくは、邪魔されて頭にきたと言い返していただろうが、その時は確かに突然不愉快な邪魔が入ったのにぼくはそれを迷惑だとは思わなかった。話しかけて来た男の顔にはややためらいがちな微笑みが浮かんでいた。すぐにぼくはそれが誰なのか気づいた。もっとも学校で一緒だった時以来、一度も会ったことはなかったのだけれども。その男は名前はエルジン・フェクリーズといった。ぼくがパブリック・スクールの低学年だった頃、彼は数学専攻の六年級にいた。

三学期になると級長になり、それからオックスフォード大学の奨学金をもらうことになった。なんでもその頃、一番いい部類の奨学金だった。ところが、その後、何の前触れもなく学校に来なくなってしまったのだ。その理由を知ってる者はごくわずかながらいたけれども、知っていても知らないふりをしていた。ともかくオックスフォード大学に進学しなかったことは確かだ。

　その後、彼の噂を耳にしたことが一度だけあった。クラブで飲んでいる時のことだったが、ある金銭上の問題にからむゴシップをめぐって彼の名前が出て来た。はっきりしたことは言えないが、たしかその醜聞《ゴシップ》は学校の問題と関係があったとぼくは記憶する。彼は至極当たり前のよくあるような理由《わけ》があって退学させられる少年ではなかった。確か、あの頭の良さと何か関係があった筈《はず》だ。実は、あの男は言ってみればぼくにとっては尊敬の的だったのだ。ぼくがあこがれるような、ぼくにはないものをすべて持っていたのだ。

　ぼくは彼のことをあまりよくは知らなかった。だけど、学校から姿を消したということは大変なショックだった。もっともっと大事なことをすっかり忘れ去った後も、彼のことだけはぼくの心の中にひっかかっていた。

　最後に見た時と殆《ほとん》ど変わっていなかった。背は高からず低からずで、長い細面の男だった。ちょっと牧師みたいな顔つきで、目は小さく灰色。目をしばたたく癖があった。鼻は長く、ウェリントンみたいな鉤鼻で、唇は薄く張りつめているような具合。肌は張りがあって血色も良い。小皺すらなかった。

子供のころはとても奇妙に見えた、あの落ち着かない神経質な素振りも相変わらずだった。いつでも何か起こるんじゃないかと身構えているような様子をしているくせに、しかし、不安な様子はまるでないのだ。自分というものを絶対的に信じていたのだ。

男を見て、誰なのかこちらで気づいたか気づかないうちに、もう彼の方から握手を求めてきて、昔のことをあれこれと喋り始めていた。

「ところで君は今じゃサー・ピーターとなってるんだよな」と男が言った。「目出たいことだよ。ぼくはいつも君が大成するものと思っていたんだぜ」

「以前、お目にかかったことがありますわね」とルーが口をはさんだ。「確か、フェクリーズさんでしたわね」

「ええ、そうですよ。あなたのことはよく覚えておりますよ。レイラム嬢《さん》でしたね」

「昔のことは忘れましょうよ」とルーはぼくの腕にしがみつきながら笑って言った。

ぼくらが結婚したことを説明しながら、ぼくはどうして戸惑いを覚えたのか分からない。

フェクリーズが、それはお目出とうございますとか何とか言った。

「エデ・ラムルー嬢をご紹介してもよろしいでしょうか」

フェクリーズの脇にいた女性が微笑んでおじぎをした。

エデ・ラムルーはまぶしいくらいの笑みを浮かべた素晴らしい黒髪の女性で、瞳が針の先のように小さかった。アンバランスな魅力を備えた女性だ。鼻と口にはユダヤ人みたいな特徴があらわれているものの、顔の輪郭はまるでユダヤ人とは無縁のくさび形をしていた。頬はくぼんでいて、目じりには小皺があった。目のふちが濃い紫色になっているところを見ると、どうやら嫌になるくらい官能の欲望は満たされているようだった。髪の毛は豊かだったが、まゆ毛はほとんど無いに等しい。だから、くっきりと黒くまゆを書いていた。化粧は下手なくせにぶ厚く塗りたくっていた。ゆったりとしたやや大胆な青いイヴニングドレスには銀の飾りがついていて、黄色の飾り帯には黒い水玉が入っていた。さらに、このドレスの上に、朱色のふさのついた黒いレースのケープをはおっていた。手は恐ろしいくらい華奢で、大きなサファイアとダイヤモンドの指環を幾つもつけたその指の曲がり具合は、どこかしら卑猥な感じすら与えた。

女の仕草には、きびきびしたところともの憂げなところが奇妙に同居していた。まるでいつでもびっくりすれば、ぱっと行動できるくせに、最初の刺戟が通りすぎてしまえばまた深いもの想いに沈んでしまうといった様子なのだ。

やさしく思いやりのあるような顔をしているけれども、それは見せかけだけにすぎない。しかし、ルーもぼくも、彼女と握手をしながら、何となく不思議な共感をぼくらに抱いていることに気づいた。その共感の裏には名状しがたい悪の色が潜んでいた。

ぼくはまた、こんな具合に三人の意思が通じ合ったことをフェクリーズが察し、どういうつもりか知らぬがそれをえらく喜んでいることを見てとった。フェクリーズの態度が妙に意味ありげな慇懃な態度に変わった。それから、こんなことを言い出したので、ぼくはどうやらこの男がパーティでもやろうと目論んでいるらしいことに気づいた。

「プチ・サヴォワヤールへ行って四人で夕食でもしようかと思うんだけど、どうかな」

エデがさっとぼくの腕を取り、ルーはフェクリーズと並んで歩き始めた。

「あたしたち二人でそこへ行くつもりだったのよ」とルーがフェクリーズに言った。「でもお友達と一緒に行くほうが楽しいわね。あなたは主人の昔からのお友達ですものね」

フェクリーズはルーに学生時代の話をし始めた。そしてまるで偶々《たまたま》喋ってしまったというふうに、学校をやめることになった経緯を説明した。

「ぼくのおやじは旧市街《シティ》に勤めていたんだけれど「ロンバード街のどこかで」大金を落として

しまってね」(と、こう言いながら作り笑いを浮かべた)「それでその金は取り返せずじまいになって、ぼくの勉強もそこでおしまいということになってしまったんですよ。おやじは銀行家のローゼンバウムを口説いて息子のぼくには金銭にかけてはちょっとした才能があるなんて売りこんで、ぼくに私設秘書の仕事をさせることにしたんです。ぼくは水を得た魚みたいに、すっかり力を発揮してそれ以来、何もかも巧くいってますよ。でもロンドンは本当に大望をもっている人間には向かない土地ですな。能力を発揮するチャンスがめぐってこないんです。パリかニューヨークならいいですがね」

こんな話を耳にしてもぼくはまるで信じなかったが、どうして信じなかったのかは分からない。ともかく信用しなかったことは確かだ。ヘロインは素晴らしい効き目を発揮していた。ぼくはエデに話しかけようという気すら全然なかった。エデの方でもぼくのことなどまるで眼中になかった。一言も口を開かずにいた。

ルーもまた同じ状態にあった。どうやらフェクリーズの話を聴いてはいるようだったけれども、自分では何も喋らなかったし、実に超然たる態度を崩さずにいた。この間の時間は三分にもならなかった。プチ・サヴォワヤールに到着して、皆席に着いた。

店の経営者は二人をよく知ってるらしく、よくあるフランス人らしい大騒ぎとは一味違った態度で迎え入れた。ぼくらは窓ぎわの席に着いた。

そのレストランはモンマルトルの険しい斜面に、まるで鳥の巣みたいにひっかかっているといった風情だった。夕食の注文をしたが、フェクリーズは実によくメニューを知っていたので、ほかの三人はすっかりあっけにとられていた。ぼくは向かいに坐っているルーを見た。ぼくはそれまでルーをこんなふうに見たことは一度もなかった。ルーはぼくにとってはまったく何でもない存在だったのだ。急に水を沢山飲みたくなってしまった。わざわざ自分でグラスにつぐ気にはなれなかったし、わざわざウェイターを呼ぶ気にもなれなかったが、しかし、ただ「水」とだけはどうやら言ったらしかった。なにしろエデがぼくの酒杯《ゴブレット》に水を入れてくれたのだから。エデの顔にぎこちない笑みが浮かんだ。生きているというしるしをエデが見せたのはそれが最初だった。握手だって、意識的にしているというよりも機械的に反射的にしているという感じだったのだから。エデの身振りには何だか不吉な、人の気持ちを不安にさせるようなところがあった。言ってみれば、ひどく苦いものを食べたあとで、口の中にまだその後味が残っているといった様子をしていたのだ。

ぼくはルーを見た。顔色がすっかり変わっていた。ひどく気分が悪そうだった。でも、そんなことはどうでもよかった。ぼくはルーをネタにしてちょっと面白いことをあれこれと考えていた。ルーを激しく愛しているということは自分でも分かっていたが、そのくせルーの存在は偶々無になっていた。この無関心な態度から、ぼくの所謂《いわゆる》、悪魔的な至福というやつが生まれるのだ。

ルーは毒を飲んだのかもしれないな、という思いが冗談のようにぼくの脳裡をかすめた。ぼくはひどく気分が悪かった。でも、それも別段気にならなかった。

ウェイターが貝を一山運んできた。ぼくらは夢見ごこちでそれを食べた。それもぼくの一日の仕事のうちだ。ぼくらは楽しんで食べた。楽しめるような食事だったからだ。しかし、何かもどうでもよかった。楽しみなんてものでさえ、どうでもよかった。エデが食べているような振りをしているだけだったので、ぼくはおかしいな、と思ったけれども、気のせいにした。

ぼくはずいぶん気分がよくなっていた。フェクリーズはどうでもいいようなことをあれこれと軽く喋っていた。誰も聞いていなかったけれど、それを無礼だというふうに考えてはいないようだった。

ぼくは確かにうんざりした気分になっていた。シャンベルタン〔フランスの赤ワイン〕でも飲めば元気になるかと思って、二、三杯も飲んでみた。

ルーは、まるで何かアドバイスを欲しいけれども、どう切り出したらいいのか分からないといった様子で、ちょっと不安そうにぼくを相変わらず見ていた。それがまた面白かった。ぼくらは席を立ち始めた。ルーが急に立ち上がった。フェクリーズは、如何《いか》にも驚いたようなふりをしてルーのあとをあわてて追った。ウェイターがルーの腕をつかんでいた。これまた実に面白かった。女ってやつはいつでもこうなんだから。もう沢山ってことをあいつらは知らないんだ。

と、それからぼくは、それは何も女性に限ったことじゃないことに気づいて、はっとした。ぼくもあわてて外に出て、なんとか間に合った。

そのあとの一時間の出来事をここで省略して話をすすめたからといって、何も目ぼしい事件が起こらなかったからだと思わないでもらいたい。最終的には、ぼくらはまた席に戻った。

非常に古いアルマニャック〔南フランスのブランデー〕をちびちびとやった。お蔭でまたぼくらは落ちついた気持ちになった。が、みんな元気はすっかり失っていた。四人とも長い消耗性の病気を患った恢復期《かいふく》の病人といったところだった。

「心配することなんて何もないよ」とフェクリーズが少しおかしな笑い方をした。

「ちょっとした不注意さ」

この言葉にぼくはぎくりとした。キング・レイマスのことを思い出したのだ。ぼくはあいつが、それまでにもまして憎らしくなった。あいつがぼくに取り憑き始めたのだ。あの野郎め！ ルーはフェクリーズに何もかも打ち明けてしまった。フェクリーズはそういうことは自分にもお馴染みのことだと言った。

「いいかい、ピーター」とフェクリーズ。「C〔コカインのこと〕をやるみたいにH〔ヘロインのこと〕をやるのは無理だぞ。チャンポンにしたりしたら、そりゃ大変なことになる。どうしようもなくなるよ。自分の限界ってやつをよく見極めなくちゃいけない。HかM〔モルヒネのこと〕をやってる時に動き回ったりしちゃ危険だぜ。それに何か食べたりしてもやはりあぶない目に遭うだろうな」

ぼくは正直なところ、自分はまるで莫迦みたいだなという気がした。随分と真剣に医学の勉強をしたことがあるというのに、素人から注意を受けたのはこれで二度目だった。

しかしルーはひどく嬉しそうにうなずいた。ブランデーのお蔭でルーは顔色を取り戻していた。

「そうね」とルー。「そんなことを前にどこかで聞いた覚えがあるわ。でもね、聞くだけと、実際にそれを自分で行動に移すのとはまたまるで別問題ですわね」

「経験だけが唯一の先生だね」とフェクリーズ。「それはそれでいいとして、ともかくまず自分でゆっくりとやってみて、こつを摑むことだよ」

　こんなことを話している間、エデはずっとそこに彫像さながらに大人しく坐ったままだった。まったくおかしな雰囲気を漂わせている女だ。全然魅力がないというところがちょっとした魅力になっている。

　矛盾したことを言ったが、どうかご寛恕願いたい。つまり、普通なら人の心を惹きつけてしまうような要素はすべて備わっていたということなのだ。奇怪な感じもあったがびっくりするような美しさの名残りみたいなものをもってる女性だった。明らかに経験は豊かだ。落ち着いた、それでいて耐えがたいまでの強烈なところもあるのだけれど、しかし、所謂惹きつける力《マグネティズム》はまるで無いのだ。マグネティズムというのは別に科学用語ではない。科学とはまるで縁のない言葉だ。これはただ或る種の性質を示している言葉で、実際問題としては非常に重大な性質を示しているのだ。寄席の出し物から天下国家に至るまでの人間の関心事を左右しているのがマグネティズムなのだ。ところが科学では、その力を機械的な器具で測定できないからといって無視している。

あの女の活力はすべて、自分の魂の中の或る種の殿堂へと向かって注ぎこんでいたのだ。エデが初めて口を利き始めた。この広大な宇宙の中でエデの関心を惹いている唯一の対象がヘロインだった。その声は単調だった。

あとになってルーは、あの声を聞いているとひどい雪の中から聞こえてきたチベットの坊さんの単調な読経を思い出したと言っていた。

「ヘロインだけよ」とエデは恍惚とした、しかし超然たる口調で言った。その悲しげな声には不浄な喜びが隠れているようだった。憂鬱そうな、おぞましい人間となることに病的な喜びを感じているみたいなふうだった。実際にあの女の雰囲気には、一種の殉教者のような威厳がうかがわれた。

「すぐに結論がでるなんて思ってはいけません」とエデが話をつづけた。「まずヘロインとなって誕生し、ヘロインと結婚し、死んでヘロインから離れて初めて理解できるのよ。人間にはそれぞれ違いがあるから、その違いはどうしようもないわ。でも、あの愚かしい悩みの種、つまり人生というものから逃れるには少なくとも何箇月かはかかるわ。動物的な情念をもってる限り、人間は動物よ。貪欲だとか愛欲だとかという欲望のことを思うと不愉快になるわ、まるで犬畜生みたいなんだから、呼吸をすることだって考えてみれば獣と同じよね。消化なんてことも、気にすれば凡人だって人生が耐えがたいって思うでしょうよ」

エデはちょっと身震いした。

「神秘主義者のものは読んだことあるかい、ピーター」とフェクリーズが口をはさんできた。

「残念ながらないね」とぼく。「実は必要がないとぼくはあんまり本なんて読まないんだよ」

「二、三年ばかり凝ったことがあってね」とフェクリーズは言って、言葉を切り顔を赤らめた。どうやら何かひどく不愉快なことを思い出したようなふうだった。おしゃべりをして、なんとかその戸惑いを隠そうと、聖テレジア、ミゲル・デ・モリノスなどと言った、その種の著名な面々の教義を詳しく話し始めた。

「肝腎なところはね」と最後に要約してくれた。「ぼくらがもっている人間らしいものはどれもこれも聖人となるには邪魔物なのだっていうことだよ。これが聖人になる秘訣だ。だから、いわゆる神聖な純潔だけのために聖人はあらゆるものを捨てさるのさ。ぼくらが普通、罪だとか悪徳とか言ってるものは、悪行のほんの序の口にしかすぎないから全然問題になりゃしないよ。そんなものじゃないんだ。そんなのを永久に捨てたところから、いよいよ本当の問題が始まるのさ。聖人になるには、どんな形であれ肉体とか精神を窺わせるものはことごとく罪になるんだ。普通は信心深い人たちから善と見做《みな》されていることでさえ罪になるんだよ。この点についてはエデも全く同じ考えなんだ」

エデは静かにうなずいた。

「そういう人たちに感覚なんていうものがあるなんてあたし思っていなかったわ。宗教的な観念に捉えられて身動きできなくなっているだけだといつもあたしは思っていたのよ。でも今はよく理解できるわ。そう、イギリス人は道徳と結びつけて考えないといつでも気がすまないのでしょうから、しいて道徳的な言い方をするとしたら、それは神聖そのものの生き方ということになりますわね。どんなものとでも、自分とでさえ、接触すると自分が汚《けが》れるような気がするわ。文字どおり、自分自身こそがあたしの人生の最大の罪人なのよ。もう、あたし、愛なんて何のことだったか忘れてしまいました。ただ、ちょっと気分が悪くなるものだったということは覚えてますけどね。あたしはほとんど食事もしないわ。一日に三度も食事をしなくちゃいけないほど動き回るなんて、野獣のすることですよ。喋ることさえ、あたしほとんどしないわ。言葉なんて無駄ですし、それに本当のことを伝えませんからね。あたしにぴったりの国語を発明してくれた人はまだ今のところ一人もいません。人間の生活がいいか、ヘロインの生活がいいか。あたしはどちらも経験ずみ。自分の選択に後悔したことはありませんわ」

ぼくはヘロインなんかやると寿命が縮みますよ、と言った。するとその頰のこけた顔に弱々しい笑みが浮かんだ。なんだかいかにも偉そうなよそよそしいその笑みを見ているとぞっとした気分になって、みんな口をつぐんでしまった。

エデはうつむいて自分の手に目をやった。ぼくはその時はじめて気がついて、飛びあがらんばかりにびっくりしたのだが、ひどく汚い手だった。どうして笑ったのかエデが説明した。

「もちろん、時を年単位で数えるのは、ちっとも間違ったことじゃないわ。でも天文学者の計算することが人間の魂と一体どんな関係があるのかしらね。ヘロインを始めるまでは、毎年毎年ただ歳月が過ぎて行くだけで、何も価値のあることなんて起こらなかったわ。まるで石板に落書きしてる子供みたい。でもヘロインを始めてからは、一分とか一時間――どっちだったかしら、どっちでも構わないわ――がそれまでの回心前の生活にくらべると五年以上の重みをもつようになったのよ。死なんてことが話題になりますわよね。それはもっともなことだと思うわ。動物はご存じのとおり死ななくてはいけませんもの。でもあたしは自分が死ぬなんて全然思えないのよ。みなさんがどんなことをお考えになっていようと、あたしまるで関心がありませんの」

エデはまたすっかり黙ってしまい、椅子に背をもたせかけて再び目を閉じてしまった。

ぼくは自分が哲学者だなんて言うつもりは毛頭ない。でも、どんな攻撃をしかけてもエデの立場をつき崩すことができないことくらいちょっとでも常識をはたらかせば分かることだ。G・K・チェスタトンも言ってるとおり、「他人のしたいということに口を出すわけにはいかない」

人間は自意識をもつようになってからは、ほかの動物たちが享受しているような幸福感を味わえなくなってしまったのだ、とよく言われる。これこそ実は「堕罪」というあのアダムとイヴの伝説の本当の意味なのだ。善悪の知識を得て、人間は神のようになり、その見返りとして我々は汗水たらして働かなければならなくなったのだ。そして「目には忍び寄る死神の姿が映る」ようになった。

フェクリーズはぼくの考えていることを察して、ゆっくりと噛みしめるようにこう引用文を口にした。

――男は織りものをし、嘲笑につつまれ、種をまき、刈ることはしない。

　その男の人生は眠りと眠りのはざまで見張りをした幻影を視たり

この偉大なヴィクトリア朝の文人〔A・C・スウィンバーンのこと。右の引用は詩劇『キャリドンのアタランタ』より〕の考えていることはフェクリーズの心を凍てつかせたようだった。煙草に火をつけ、ブランデーをぐいと一杯あおって、その沈んだ気持ちを晴らした。

「エデは」と明るいふりをしながら言った。「バールーフ・デ・スピノザという奴とおおっぴらに罪を犯しながら生きているんだよ。あの男を「デア・ゴットベトルンケン・マン」と呼んだのはショーペンハウアーだったと思うが」

「神に酔った男ってことね」と弱々しくルーがつぶやいて、青く血管の浮かんだその重い瞼《まぶた》の下から眠そうにエデをちらりと見た。

「そうです」とフェクリーズが言葉をつづけた。「エデはいつでもあの男の著書を何か持ちあるいているんだ。本を読みながら眠るので目が覚めると、また本を見ることになってね」

フェクリーズは喋りながらテーブルを軽く叩いていた。そのせいでぼくらが落ち着かないことをフェクリーズは直ちに見抜いて、親指と人差指をすり合わせるような仕草をしてウェイターに合図した。するとウェイターは勘定書をもって来いということだろうと察して、取りに行った。

「あなたとピーターをホテルまでお送りしますから」とフェクリーズはルーに言った。「ずいぶん落ち着かない目に遭わせてしまいました。夜、ぐっすりお休みになれるよう処方しますよ。朝、Hを一服やるといい気付けになります。でも、断じてやりすぎはいけません。ごくごく少しだけ嗅ぐんです。そしたら、少しずつ効き目がでてきて、起きたいという気になりますから。昼食時《どき》までには、お二人ともまだ二年しかつき合っていないような新鮮な気分になりますよ」

フェクリーズが勘定を支払って、ぼくらは外に出た。うまい具合にタクシーが一台戸口の前で客をおろしたところだった。ぼくらは難なく帰ることができた。

ルーもぼくも疲れきった気分だった。ルーはぼくの胸に倒れこむような形になって、ぼくの手を握った。ぼくはかよわいルーを支えなくちゃならないと思うと、元気が甦った。二人の愛情はあの寒々とした荒野さながらの闇の中から再び甦ったのだ。ぼくは情熱などというものがすっかり自分の中から追い出されてしまったという気持ちだった。そんな状態の中で二人は新たに洗礼され、「愛」という洗礼名を授けられた。

自然の女神は、ぼくらが毒をあおりすぎたのでなんとか下毒してやろうと懸命に力を尽くしたけれども、まだその名残りがあとをひいていた。二人ともホテルに着いた時にはひどく疲れていた。とはいっても実のところ、フェクリーズとエデに中に入って仕上げの一杯をやろうじゃないかとしきりに勧めはしたのだけれども。でも、ルーもぼくも殆ど目を開けていられないくらいの有様だった。フェクリーズとエデが帰るとすぐさま、ぼくらは大急ぎでツイン・ベッドの中に駆けこんだ。

結婚している人にはこんなことは言う必要もないことだが、その前の晩までは床に就くという一連の動作が実に念入りな儀式となっていた。ところがその時ばかりは、速さを競って記録でも作ろうとしているみたいだった。フェクリーズとエデが帰ってから五分と経たないうちにもう灯りは消えていた。

ぼくはすぐに寝込んでしまったものとばかり思っていたのだが、実はそうじゃなかったことにしばらくしてから気がついた。ぼくは夢をみている状態と殆ど選ぶところがないような一種の麻痺状態にあったのだ。もっとも夢をみている状態と麻痺状態とがそれぞれどんな状態なのか定義を下して説明でもするということになると、事はひどく厄介になるのだが。

しかし、ぼくの目はたしかにしっかりと醒めていた。あおむけになってはいたのだが、ぼくは軀《からだ》を右向きにするか、さもないと、妙な話だが坐った姿勢じゃないと眠れないたちなのだ。横になっているうちに段々と意識がはっきりとして色々な考えが明確な形をとり始めた。

次第に眠りに入るにつれて、頭の中の考えが徐々に消えて行く時の様子は誰でも知ってることだろう。ところが、この時のぼくの場合は、徐々に考えが姿を現わしてきたのだ。

肉体面での意志の力が事実上すっかり奪われてしまっていた。動きたいとか喋りたいと思うことがそもそもぼくにはできなくなってしまったようだった。ぼくは稀有の静寂という名の大海の中に浸っていた。頭の方は活潑に働いていたが、それも限られた枠の中でのことだった。

自分の思考の流れを思いどおりに操作できないようだった。

普通の場合なら、そんな目に遭えばひどく苛立っただろうが、この時はただ奇妙に思っただけだった。ぼくは実験的に何かしっかりしたことに頭を向けてみようとした。技術的にはそれは可能だったけれども、同時にぼくはそんな努力はする値打ちもないと自分で思っているのに気づいた。それからまた、ぼくの考えてることなんてどれもこれも不愉快なことだということにも気づいていた。

ぼくは昔の出来事をじっくりと振り返ってみた。その昔の出来事というのは、ぼくらをあまり思いわずらわないようにしてくれるあの不思議な心の作用のお蔭で殆ど忘れかけていたことだった。

この忘却というやつは、実はみかけだけのもので、本当には忘れてなぞいないということがぼくは分かった。どんなに小さなことでも克明にぼくは思い出した。でも、わずらわしくて屈辱的なことこの上ない出来事ですらもうぼくにはまるで気にならなかった。例えば悲しい物語を読むときと変わらぬ楽しさをぼくはそんな出来事を思い出しながら味わっていた。もう少しで、不愉快な出来事の方が好きだなどと口走りそうな勢いさえあった。

というのは、ぼくが思うに、不快な事件のほうが深く心に刻みこまれるからだろう。言ってみれば、人間の魂は、意識的な体験を記録するために精神というものを発見したのだ。だから、ある体験が深く我々の心に刻み込まれれば込まれるほど、精神は魂のねらいを実行したということになる。

「たぶん、いつかこのことを思い出す《フォルシタン・ハエク・オリム・メミニセ・ユワビト》ことも楽しいことになろう」〔ウェルギリウス『アエネーイス』第一巻二〇三行目〕とウェルギリウスの作品の中でアエネーイスが自らの困難な運命について語っている。（しかし、それにしても奇妙なことだ。学校を卒業して以来、ラテン語の引用句なんて思い出したことすら幾度もないというのに。麻薬ってやつは、寄る年波と同じでごく最近の記憶の中に、さっと忍びこんで来ては、もう忘れていたことを思い出させてくれるものなのだ。）

人間のもつ本能の中で何よりも根深いのは経験を求める気持ちだ。だからこそ、人生を行住坐臥、快適にしようとする理想家《ユートピアン》の目論見はいつでも人間の心に潜在的に反発を生みだしてしまうのだ。

大戦を招いたのはヴィクトリア朝の進歩的繁栄だ。冒険をなくしてしまうことに反発した男の子たちがあの大戦を引き起こしたのだ。

精神にひそむこの奇妙な性質は永久に失われることはなかった。様々な考えが、抵抗を許さぬ大河のようにぼくの脳髄から流れ出した。どんなことをしてもその流れは止められない、どこかで流れを変えることすらできない、とぼくは思った。ぼくの意識は、さながら永劫に宇宙空間を突き進む運命にある星のようなものだった。その流れにのってぼくは次から次へとゆっくりと緊張感もないままに色々な考えを思い浮かべた。まるで、音を止められた交響曲といった感じだ。その中にあらゆる記憶が押しこめられていて、不協和音一つたてることもなく次から次へと知らず知らずのうちに変化していた。

時間が経っていることはぼくにも分かっていた。なにしろ、どこか遠くで教会の時計が途方もなく長い間合いをおきながら時を打っていたのだから。だからぼくは自分が眠らずに夜を明かそうとしているのだということは気づいていた。バルコニーの観音開きの窓から夜が明けるのを見た。

長い長い時が過ぎて、早朝のミサを告げる鐘の音が響いた。と、次第にぼくの思考がさらに速度をおとし、明確さが欠けてきた。ものを考えるという活動的な喜びが受け身になってしまった。少しずつぼくの夢想に影が差してきて、もう何が何だか分からなくなった。

雪原の輝き

第六章

目が醒めるとルーはすっかり身じたくを整えて、ぼくのベッドの端に坐っていた。ぼくの手を握っていた。その色あせた花のような顔がぼくの顔をのぞきこんでいた。ぼくが目醒めているのを知ると、そっと優しく唇を重ねてきた。柔らかく、それでいて固い唇だった。その口づけのお蔭でぼくは甦った。

ルーはどこかおかしいのじゃないかと思うくらい青白く、その仕草も生気がなく、もの憂げだった。ぼくは自分がすっかり疲労困憊していることに気づいた。

「あたし、ずいぶん長い時間だったような気がするけど、なんとか心を鎮めようとしたのに、まるで寝つけなくて。頭がすっかり冴えて、どうしようもなかったのよ。とっても愉しかったわ、これ以上素晴らしいことはないってくらい。あのフェクリーズっていう人が迎え酒のことを話していたけど、それを思い出して、やっと起きたの。ベッドからゆっくり降りて、Hのあるところまで這っていって、少し嗅いで、それから効き始めるまで床の上に坐っていたの。コツさえ分かっていれば、ちょっと嗅いだだけで効き目十分よね。それで、すぐに効いてきたわ。それからお風呂に入って、そのあとでこの服を着たのよ。まだちょっと効いてるわ。ねえ、コッキー、あたしたち、やりすぎたんじゃないかしら」

「たぶんね」とぼくは蚊の鳴くような声で応《こた》えた。「看護婦さんがいてくれてよかったよ」

「かしこまりました」とルーは妙な笑い方をして言った。「陛下のお薬のお時間ですわ」

ルーは机のところへ行って、ヘロインを一服持ってきてくれた。その効き目たるや目を瞠《みは》るほどだった。ぼくは神経のバネをすっかり抜かれてしまったみたいで、身動き一つできないような気がしていた。しかし、ヘロインのお蔭で二分もすると元気を恢復《かいふく》してしまったのだ。

とは言っても、嬉しいと思う気持ちはまるで湧いてこなかった。ただいつもの自分に戻ったというだけで、絶好調になったというわけではなかった。何かをしてくれと言われれば、十分に何でもできる状態にはなったけれども、しかし、喜んでするという気にはなれなかった。風呂に入ってシャワーでも浴びればよくなるかな、と思った。でも服を着る時までには、まったく自分が別人になったような爽快な気分を取り戻していた。

居間に戻ってみると、ルーが楽しそうにテーブルのまわりで踊っていた。柵を飛び出した雄牛さながらにルーはぼくをめがけて突進して来て、さっとソファーのところへ連れ去り、ぼくが横になると脇に跪いた。そうして、激しいキスの雨を浴びせたのだ。

ぼくがそれに応えられるような状態じゃないことをルーは見てとった。

「あなた、まだ看護婦さんがいなくちゃ駄目みたいね」と目を輝かせ、白い歯を見せて鼻にしわを寄せながら陽気に笑った。ぼくは小さな可愛らしい巻毛の先が、水晶のように輝いているのに気づいた。

ルーは吹雪の中に出て行ったのだ！

ぼくがずるそうな笑いを浮かべたのでルーは、ぼくがお遊び《ゲーム》に気づいたのだと分かった。

「そうよ」ルーが昂奮ぎみに言った。「さあ、もう分かったわ。Hで心を落ち着けたら、今度はCで運転開始よ。クラッチをつないで」

ルーの手は昂奮のあまり震えていた。でも手の甲にはきらきらと輝く雪《スノー》（既述のとおり、雪は麻薬のこと）の塊が小さくのっていた。

ぼくは恍惚とした気分を抑えながら、それを嗅いだ。何秒もしないうちに凄じい崇高な酔いがまわってくることをぼくは知っていた。

鳥のしっぽに塩を落とせば、鳥をつかまえられる〔イギリスでは、子供にふざけて、こう教えることがある〕なんて言ったのは誰だ。たぶん、そいつはよく分かっているつもりだったのだろうが、実は誤解していたのだ。ほんとうは、雪を自分の鼻の上にのせれば、巧く鳥を捉えられるのだ。

メーテルリンクはあの愚昧な青い鳥のことをどの程度知っていたのだろう。

仕合わせなんて、自分自身の中にあるもので、それを見つけ出すにはコカインをやればいいのだ。

でも、どうか人並みの分別ってやつだけは忘れないでもらいたい。少しばかり常識を働かせ、注意して、判断力は十分に活用しなくてはいけない。どんなにお腹が空いても、十何頭もの牛を焼き串に刺して食べようとは思わないものだろう。「自然は飛躍をなさず《ナトウラ・ノン・ファチト・サルトウム》」〔リンネの言葉〕

要するに道理をわきまえた上で知識を活用できるかどうかが問題なのだ。飛行機の操縦法が分かったのだから、ここからカラマズー〔ミシガン州南西部の都市〕まで飛んで行って悪い理由は何一つないではないか。

そこで、ぼくは適当な間をおいて三回、少しずつ嗅いで、すぐに仕事にとりかかった。ぼくは部屋中、ルーを追いかけ回した。たぶん、相当家具をひっくり返しただろうと思うが、そんなことはどうでもいい、なにしろ、部屋を整頓する必要なんてないのだから。

大事なのは、ルーを捕えるということだ。やがて、二人ともすっかり息がきれてしまった。と、それから、実に忌々《いまいま》しいことに、昼食前に静かにパイプでもくゆらそうと思ったら電話が鳴って、ボーイが「エルジン・フェクリーズさんをお部屋にお通ししても構いませんでしょうか」と言う。

前にも言ったとおり、ぼくはあまりあの男を好きじゃない。スティーヴンスンが言ってることだが、もし、自分の国にあの男しか身寄りがいないとしても、あいつにたよるよりは外国旅行していたほうがましだと思う。でも、フェクリーズは昨夜、立派にゲームをやれた。それに、ともかく昼食に招くぐらいのことはしなくちゃいけないだろう。あの男はまだ色々と麻薬を楽しむ秘訣を知ってるかもしれない。ぼくは、少しばかりかじった程度の知識を得ただけで、すっかり何でも吸収してしまったと思いこむような自惚《うぬぼ》れ屋ではない。

ぼくはボーイにこう応えた。「よろしかったら、いらして下さいと伝えて下さい」

ルーは、女がいつでも決まって直さなくちゃならないらしい髪だとか化粧だとか、を直しに隣りの部屋に駆け込んで行った。と、フェクリーズが今までどこを探してもお目にかかったことがないような完璧な紳士然とした態度で現われて、叮嚀《ていねい》に挨拶をし、詫びを言った。

実は、失態を演じたそうそうにまたお訪ねして煩わしい思いをさせるつもりはなかったのですが、どうも煙草ケースを忘れていったような気がして、なにしろ叔母のソフロニアさんから頂戴した大事なしろものですから、と言う。

たしかに、テーブルの上に件《くだん》のケースはのっていた。いや、テーブルはひっくり返っていたので、テーブルの下にあったというべきだろう。

テーブルを起こしてもとに戻すと、たしかにテーブルの下敷になっていたのだから、ひっくり返る前は、上にのっていたということになる。

フェクリーズはそれを見て、楽しそうに笑った。ある意味では滑稽な事件だったとぼくも思う。その反面、大して気にするような出来事じゃないとも思う。しかし、あの男は煙草ケースを探し出さなくちゃならなかったわけだが、結局、テーブルが逆さまにひっくり返っているのに、こちらとしてはそれに全然気づかないふりをするわけにもいかない。この場をやりすごす一番良い手は、冗談みたいに茶化してしまうことだ。フェクリーズは模範的な紳士ならではの如才なさを発揮して、とても見過ごすことができないような情況を招いた原因となる別の情況には一切触れることはなかった。

このフェクリーズという男は、前夜は実に大人しくしていた。ルーの生まれながらの保護者たるこのぼくがまるで役立たずになっている時に、フェクリーズは誰もやりたがらないようなことまでやって、殊勝にもルーの面倒をみてくれたのだ。

そう、もちろん、あの時の情況としては、ぼくは現代のキリスト教徒が忘れることにしたあの悲惨な場所にフェクリーズが行ってしまえばいいのにと思った。でも、実際にぼくができることと言えば、あの男を昼食に誘うことだった。ところが、その寛大な衝動を言葉にして口に出さないうちに、ルーがまるで天国から降りて来た天使みたいに、すーっと部屋に入って来た。

ルーは脇目もふらず真直にフェクリーズのところへ歩み寄り、ぼくの目の前で、自分からすすんであの男に口づけをして、どうか帰ったりなさらずにお昼をご一緒して下さいと頼んだのである。ルーはぼくが言おうとしていた言葉を、はっきりと言ってくれたのだ。

でも、実はぼくはルーと二人きりになりたいと思っていたのだ。その時だけじゃなく、永久に二人きりになっていたいと。だから、フェクリーズがこう言った時には、殆《ほとん》ど小躍りせんばかりに嬉しくなった。

「やあ、それはどうもご親切に、ペンドラゴンの奥様。またいつかこうしてお誘い下さると嬉しいのですが。なにしろ私、証券取引所の方《かた》二人と昼食の約束がございましてね。大口の取引が巧くいきそうなんです。ピーターさんはもう、どう使ったらよいか分からないくらいのお金を儲けましたからね。そうでなければ私、喜んでご主人を二階へお通しするところなのですが」

まあ、ぼくが百万長者であることは確かにそのとおりだ。それはともかくとして、独り者の男がロンドンを遊び回り、高価な葉巻をくわえてヴィクトリア・パレスの特別席で楽しくやるのと、親友たちが「限度知らずのルー」と綽名をつけている女と新婚旅行をするのとは、まったく別問題だ。

フェクリーズは、ぼくが二週間のあいだに年収の三分の一以上を使い果たしていたことを知らなかった。しかし、もちろん、ぼくにしても、あいつにぼくがこんな情況にあるなんて話はできなかった。ペンドラゴン一族は、特にサー・トマス・マロリー〔『アーサー王の死』を著した英国の著述家。〔一四〇〇?—七一〕がヘンリー八世の治世にあんなに誉め称えてくれてからというもの、えらく誇り高い一族となっていたのだ。わが一族はいつでも少しばかり身の程知らずになっていた。だからぼくのおやじなども可哀《かわい》そうに頭がいかれちまったのだ。

しかし、ともかくも、あの時しなければいけなかったことと言えば、フェクリーズに近日中にパイヤールで食事をしたいから都合のいい日を決めてもらいたいと切り出すことだけだった。

パイヤールといえばパリで一番のレストランだと思うけど、違ったかな?

すると、フェクリーズは小さな赤い手帳を取り出して、鉛筆を口にくわえて齧《かじ》りながら、首をまず右に、次に左に傾けて、やっと口を開いてこう言った。

「まったくパリってところは困る！　人と会う約束だけで、ほかに何にもできなくなってしまう。ところで、ぼくの方は一週間は何もありませんな」

と、ちょうどその時、電話が鳴った。ルーが受話器の方へと二歩ばかり踏み出した。

「あら、フェクリーズさんにお電話よ。どうしてあなたがここにいらっしゃるの、分かったのかしら」

フェクリーズがちょっとおかしな笑いを浮かべた。

「今、あなたにお話していたのはそのことなのですよ、ペンドラゴン夫人《さん》」と言いながら受話器のところへと行った。

「なにぶんにも私はおたずね者ですからね。誰も彼も、警察以外はみんな私に用があるようなのですよ」フェクリーズはくすくす笑った。「いつ何どき電話で連絡をつけてくるか分からないような有様なのです」

電話にでるや急に真面目になった。

「ええ、そうですな。それは厄介なことで。それはどういうことなのですか。四時ですか。分かりました。それでは伺いましょう」

電話を切った。フェクリーズは両手を広げて、嬉々としてもどって来た。

「やあ、お二方、まさしく神のおぼしめしといったところでしてね。昼食はご破算ということになってしまいました。もし、また別の機会にでもお招き下さるのなら、私はヨーロッパ一の仕合わせ者ということになりますが」

まったく、こんな男はヨーロッパ中探しても二人といる筈《はず》がない。ぼくは死にそうなくらいうんざりしていた。でも、その時は狂喜する以外に何もすることはなかった。

ルーが心から嬉しそうにしているのを見ても、ぼくは特に嬉しいとは思わなかった。ルーは急に、速いテンポの奏鳴曲《ソナタ》を歌い始めた。

「ここでお昼を食べましょうよ。そのほうがくつろげるわ。外で食事するの、あたし好きじゃないのよ。食事の合い間にダンスをしたいわ」

ぼくが、煙草にトリニトロ・トルエン〔爆薬。いわゆるTNTのこと〕でもそっと仕込んでおくくらいの智慧があってもよかったなあ、と思いながら、フェクリーズに煙草を一本すすめているうちに、ルーは主任ウェイターを呼んだ。

ルーはその主任と熱っぽく言い争っていたが、言ってみれば第六ラウンドのゴング間際に点をかせいで勝負を決めたといったところだった。お蔭でぼくらは三十分後には、グレイ・キャビアを食べ始めることができた。

どうして、みんなグレイ・キャビアを喜んで食べるのかぼくには分からないが、しかし、文明社会のしきたりに刃向かってみても仕方がない。ぼくは大嫌いだ。翌日、また同じような情況に置かれても、やはり嫌いなものは嫌いだ。

ブラウニングの名言を借りて言うと「お前は嘘をついたな、ドーミア、ぼくは悔やみはしない」。さらに、この時の食事は普通の昼食とはちがって、将来性に満ちあふれていた。

幸先の良い出発だったのだ。三人とも最高の出来だった。フェクリーズはシャンペンの口当たりの良さに、闊達にはめをはずして喋り、自らを話題にしたり、びっくりするような幸運にめぐまれて大金がころがりこんできたという話をした。しかし、一つの話題にあまり拘泥することはなかったので、どの話も特に印象に残ることがなく、また相槌を打つ余裕すら与えてくれなかった。次から次へと活気のある話題を提供してくれ、食事が終わるころになると、「いや、どうも自分が目下夢中になっている賭けのことばかり話して申し訳ありませんでした」などと詫びた。

「どうやら、文字どおり取り憑かれているようですな」とフェクリーズ。「でも、その賭けの成り行きいかんによっては、私の将来の見通しも大幅に変わることになるものですからね。残念ながら私はあなたがたのような大金持ちじゃありません。今まではかなり巧く儲けてきましたが、どういうわけか、入ってくる時も楽だと、出て行く時も簡単にすぐに出て行ってしまうのですよ。でも、なんとか二万ポンド掻き集めて、この石油事業では株を買い集め、八番目に位置する株主になりました。石油の事業の話はもうお話ししましたが」

「いいえ」とルーが口をはさんだ。「そんなお話はなさいませんでしたよ」

「お話ししたものとばかり思いこんでました」とフェクリーズが笑った。「ずっとそのことばかり私は考えていたものですからね。殊に、あの昼食のお話が延期になってからは、あともう五千ポンド必要なもので、なんとかあの連中から都合してもらおうとしていたのです。ただ問題なのは、公然と私がその金を借りることはできないということがありますよね。あの連中に「内情」を悟られたくはありませんから。そんなことをしたら、連中は自分で我先にと買いあさりますよ。ところで、そういえば、先日耳にした非常にいい話を思い出しました」とフェクリーズは今までの話とはまったく関係のない面白い話をべらべら喋りまくった。

何の話だったかぼくは全然聴いていなかった。シャンパンのせいで、ぼくの頭は非常に活潑に別のことを考えていたのだ。フェクリーズの話を聞いて、ぼくは今日明日じゅうにはもう一千ポンド送金してもらうよう電報を打たなくちゃいけないことに気づいた。

無意識のうちに自分が激しく苛立っていることにぼくは気づいていた。あの男が何百万ポンドという大金をこともなげに扱っているという話を聞いて、自分が現代の規準から言えばひどい貧乏人だということを否応なく認識させられた。年収が五千か六千ポンドで、それにバーレイ邸の家賃として別に千五百ポンドくらい入るだけで、所得税やら何やら差し引くと——ぼくはほんとうは乞食よりちょっとましなだけだ。ルーのことも考えなくちゃいけないのだから。

ぼくはいつも宝石なんて俗っぽいと思っていた。男には認め印付きの指環とタイピン、女はごく大人しくて趣味のよい小さな装身具が二、三もあればそれで十分でそれ以上は全く不要と考えていたのだ。

ところがルーの考え方はまるで違っていた。幾つでもお構いなしに身につけて、派手な出で立ちで出掛けるのだ。昨日の午後、カルティエの店でイヤリングを買ってやった。金具の部分にダイヤモンドが三個入っていて、飾りの部分は梨の形をした素晴らしい青白い宝石で、ルーが食事をしたり話したりすると、それが顎の横のところで、うっとりするくらい見事に揺れた。そんなに着飾ってもルーはちっとも俗っぽくはならなかった。

結婚したのだから大きな黒真珠のペンダントがついた真珠のネックレスをルーに買ってやるのがぼくの務めだということは自分でも分かっていた。それから、あのカボションのエメラルドの指環もある！　あれはルーの髪とよく似合いだ。それに、もちろん英国に帰ったら宮廷にも顔を出させなくてはいけない。ペンドラゴン一族としてはやや屈辱的だと思わないでもないが――つまり、あのティアラ〔婦人用の冠状頭飾り〕というやつをかぶることになるのだから。

それからまだ洋服の仕立て屋の問題がある。まったく、文明社会の男が結婚すると、やらなくちゃいけない事が次から次へ際限なく出てくるものだ！　どうみてもこのぼくは救貧院に入らないまでも、生活保護くらいは受けなくちゃいけないような有様だというのに。

ぼくは、はっとして夢想から醒めた。ぼくの心は決まっていた。

盲人と錐《きり》にまつわる或る話を聞いてルーが莫迦笑いしていた。

「ねえ、フェクリーズ」とぼくが言った。「その石油事業の話をもう少し聞かせてくれないかな。実を言うとね、君が思いこんでるほどどうやらぼくは金持ちじゃないんだよ」

「おやおや」とフェクリーズ。

「実はそうなんだよ」とぼく。「もちろん独り身の時は至極巧くいってたんだよ。何でもごくありふれたもので間に合っていたからね。ところがこのお嬢さんはまるっきり違うんだよ」

「そうか、そうでしょうなあ」とフェクリーズは真面目な口調で応えた。「いや、よく分かりましたよ。確かに富裕な暮らしをするのが、貴君自身の、さらには貴君の跡取りたちの義務だと言っても構わないでしょうが、しかし、あの戦争以来、金融界はどん詰まりの状態ですからな。外国為替は暴落するわ、お金の価値は下がるわ、世界中の金地金はワシントンで動かなくなってしまうわで、どうにもならん状態です。でも、だからこそ、今は本当に頭のいい人間にチャンスが巡ってくるのですよ。ヴィクトリア朝の繁栄ってやつは何も知らなくても、何もしなくてもみんな裕富になれましたけれどね」

「そうだね」とぼくは同意した。「どうしようもないような株でさえ優良株になったりしたみたいだからね」

「だからね、ペンドラゴン」とフェクリーズは坐っている椅子を少し回して、ぼくと対座する恰好になって、葉巻《コロナ》をトントンと叩きながら自説を押しとおした。「大儲けをしようということになると、相手にできるものは二つしかないんですよ。まず石油、次に綿《めん》。私は綿のことは全然知らないが、石油なら、一度でも昂騰したことのある株になら一万二千のうち四千は賭けてもいいですな。で、君は挑戦者の株に全財産賭けてみることですよ」

「うん、それはぼくにも分かるよ」と明るい口調で応えた。「もちろんぼくは金融関係のことは初歩的なことすら知らないけれども、君の言うことは全くの常識だからね。それにこういうことには、ぼくは一種の勘みたいなものが働くんだ」

「いやあ、君がそんなことを言うとは実に珍しいですね」と大いに驚いてフェクリーズが振り向いた。「私も君とまったく同じように思っていたことがあるんですよ。君が大変な勇気の持ち主だということは分かっていたが、しかし、勇気こそどんなゲームにでも一番重要な要素ですからね。金儲けは最大のゲームですよ。それに、君の頭脳は金儲けに向いているんじゃないかという気が私はするんですがね。抜け目がないうえに、想像力も十分に備わっていますよ。奇人変人の滅茶苦茶な空想癖というんじゃありませんよ。健全な良質の想像力ということです」

確かに事情通で、しかも誰よりも聡明な頭を駆使して自分の立場を固持している男から、面と向かってこんなに誉められれば、普通ならぼくだって面くらっただろうに、この時ばかりはその誉め言葉を自然に受け容れるような心境になっていた。

ルーがぼくの耳もとで笑った。「そうよ、コッキー」とあやすように言った。「ここは一番、頑張りどころよ。あたしだって、ああいう真珠をほんとに欲しいと思うわ」

「まったく奥さんのおっしゃるとおりですよ」とフェクリーズが相槌を打った。「新婚旅行が終わったら、私のところへいらして下さい。ひとつ、本気になって命懸けで取り組むことにしましょう。私らが乗り出せば、J・D・ロックフェラーの奴なんてすっかりへこんじまいますよ」

「そうだなあ」とぼく。「今くらい絶好の時はないな。横からしゃしゃり出て行くのは好きじゃないけど、君のこの取引でぼくが何かの役に立つのなら——」

「いや」とフェクリーズ。「これはそんなんじゃないんですよ。私は自分の全財産をこの取引に賭けるつもりですが、どう見ても危ない橋を渡らなくてはいかんのです。私としては、君が初めての賭けで五千ポンドも損をするかもしれないというのに、一か八か賭けてみるつもりはありません。もちろん、うまくいけば、なかなか大変なことにはなってくれますがね」

「それじゃ、詳しい話を聞かせてもらおうじゃないか」とぼくは、根っからの商売人みたいな気分を味わいたくて切り出した。

「要は実に簡単なことでしてね」とフェクリーズが応えた。「シトカ〔アラスカ州東部のアレキサンダー諸島にある町〕という町の油田を買い上げるかどうかという問題なのですよ。戦前は大丈夫だったのですが、しかし、私の考えでは、あそこの油田はきちんと採掘されていなかったのです。戦後は一度も使われていませんから、また昔の名声を恢復させるには厖大な金がかかるかも知れません。でも、それは大した問題じゃないんです。私と私の友人が知ってるだけで、あとは誰も気づいてさえいないことなのですが、シトカで産出される或る種の石油を、フェルデンバーグ法で採掘すると、現在世界最高の石油を事実上私らが独占できることになるのです。言うまでもないことですが、その石油はこちらの言い値で売れるのです」

ぼくは、その計画にどんなにすごい可能性が秘められているのか、たちまち気づいた。

「無論、この話を誰かに漏らされちゃ困るのは言うまでもありません」とフェクリーズは続けた。「もし、これが漏れでもしたら、パリ中の金融業者が私らを出し抜いて買い付けてしまいますよ。こんな大事な秘密を話してしまったのには二つ理由《わけ》があるんです。一つは、君が正直者だということを知ってたから——これは言うまでもないことですがね。で、本当の理由は、前にお話ししましたが、私は秘教的現象《オカルト》を信じているということなのです」

「あら」とルーが大きな声をあげた。「それじゃ、当然、キング・レイマスのことはご存じですわね」

フェクリーズは顔面に一発お見舞いされたみたいに、はっと驚いた。一瞬、顔色をすっかり失った。まるで何か言いかけたのに、やめたといった感じだった。でも、その顔はかんかんに怒っていた。誤解しようにも誤解などできないような気まずい情況だった。

ぼくはちょっと意地悪そうな——と自分では思うのだが——笑いを浮かべてルーの方を振り向いた。

「ぼくらの友人の名声は、どうやらフェクリーズ氏のところまで達したらしいね」とぼくが言った。

「私はね」とフェクリーズは懸命になって立ち直ろうとしながら言った。「人の悪口だけは言わないことにしているんだが、実は、あの男ばかりはちょっとやりきれない奴でしてね。お二人ともよくご承知のようですから、私があいつはとんでもない悪党だと言っても別に構わないでしょう」

激しい憎悪と嫉妬の念が潜在意識の中からどっと表面に押し寄せてきた。もしそばにレイマスの奴がいたら、一目見ただけですぐさま犬でも射ち殺すみたいに殺《や》っていたのじゃないかという気が自分ではする。

わが学友フェクリーズはこの不愉快な話題から、すーっと離れて行った。

「最後まで私に話をさせてくれませんでしたね」と苦情を言った。「私は特に金銭面の才能があるわけじゃないんです、と言おうと思っていたのです。つまり、ごく普通の意味での才能ということですが。ところが、私には絶対にはずれることのない直感が備わっているんですよ。ソクラテスのデーモンみたいなものがね。ご存じでしょう？」

ええ、とぼくはうなずいた。プラトンのことはかすかに覚えていた。

「そこで」とフェクリーズは、支部会の開会を宣言する議長みたいな仕草で葉巻をトントンと叩きながら言った。「私は昨夜、君に会った時、こう自分に言ったのですよ。「生まれながらの金持ちよりも、生まれながらの強運の方がいいな。で、ここに強運の星の下に生まれた男が一人いるぞ」とね」

まったくそのとおりだった。ぼくは独力ではまるで何もできたためしはなかったけれども、それでも最終的には、相当な財産がころがりこんできたのだから。

「君には才覚ってやつが備わってるんですよ」とフェクリーズは元気づいて言った。「君が失業したら、いつでも私は君を福の神ということで雇って年収一万ポンドは受けあいますから」

ルーもぼくも大喜びした。二人とも、フェクリーズの計画の細かい説明はどうもじっと聞いていられなかった。その数字は説得力があるんだが、ぼくらはただただ面くらうばかりだった。

こんなに巨額の富のことなど二人とも夢にも考えたことがなかった。

ぼくは生まれて初めて、富というものがどんなにすごい権力をもたらすものなのかその時分かったし、また、自分の本当の野望がどんなに凄じいものなのかも初めて分かった。

どうみてもぼくが強運だというのは確かにあの男の言うとおりだった。戦時中、ぼくの強運ぶりは言語を絶するほどだった。さらにその次は遺産相続ときて、きわめつけはルーだ。それから、今度は、まったくの偶然でなつかしいフェクリーズに出くわすことになって、お蔭で素晴らしい投資の話がころがりこんできた。そう、まさに投資なのだ。フェクリーズが用心深くも言ってくれたとおり、厳密には投機などではないのだ、ぼくを待っているものは。

ルーもぼくも嬉しさのあまり、実際問題の詳しい話はよく理解できなかった。必要なお金は四千九百五十ポンドだった。

もちろん、それっぽっちの金を都合するのは大したことじゃなかったけれども、フェクリーズに話したとおり、ぼくは株やら何やらを売らなくちゃ金は手に入らないので、二、三日はかかった。一刻も予断は許されなかった。なにしろ、その週のうちに手に入れないと油田の権利は人手に渡ってしまうというのに、その時はもう水曜日になっていたのだ。

しかし、フェクリーズが手助けしてくれて電報の文案を創り、ウルフに事情を説明し、土曜の九時に書類をもってフェクリーズが行ってくれることになった。

ところで、もちろんフェクリーズはぼくに損をさせるつもりはなかったけれども、同時に、まずい事態になったからといって自分の命を危険にさらすこともできない。そこでフェクリーズは行動を開始して、どこか別の取引で五千ポンド儲けられないものかと様子を見ていた。儲かれば、自腹を切って自分の株をぼくにくれようというつもりだったのだ。ぼくが強運だからということで、フェクリーズはほんの小さな取引の時だけはぼくを頼りにした。

フェクリーズは大急ぎで出て行った。ルーとぼくは車で出掛けて、午後はブローニュの森で過ごした。まるでコカインが新たな力を発揮してぼくらを虜《とりこ》にしているみたいな感じだったが、そうでないとすれば、ヘロインのお蔭であんな気分になっていたのだろう。

あの初めての激しい夜とまったく同じように、ぼくらは凄じい速度で生きていた。その強烈さたるやとても普通ではなかった。が、そのせいで二人とも我を失うということはなかった。

或る意味では、一時間が一秒の如く過ぎて行く反面、別の意味では一秒が一生の如く長くつづくのだった。ルーもぼくも人生のごくごく小さな事象までも十分に味わうことができた。

このことをぼくは徹底的に説明したい。

「征服王ウィリアム、一〇六六年。ウィリアム・ルーファス、一〇八七年」

ウェリントン公爵の治世など一言で要約することができる。と、同時に、英国史のあの時代を専門に研究した歴史家なら詳細な十巻本を著すこともできるかもしれないし、またある意味ではその長短二つの学識を同時に心に浮かべることもできるのかもしれない。

ぼくらもそれと似たような情況にいたのだ。何時間もが、パッパッと稲妻のように光って過ぎて行ったのだが、しかし、その閃光の一つ一つが風景を隈なく浮かび上がらせてもくれた。ぼくらには何もかも全てを同時に摑んでしまうことができた。まるで普通の思考の流れを圧倒してしまうような全く新しい知的な能力を得たような感じだ。いってみれば大科学者も野蛮人も同じ眼という道具によって同じゴキブリを眺めはするけれども、大科学者の素晴らしい理解力をもった頭脳は野蛮人の頭脳を圧倒しているようなものだ。

体験したことのない人には、その状態がどんな恍惚感を与えてくれるものなのか、話しても無駄だ。

もう一つ普通とは違った点がある。それはテレパシー――ほかに適当な呼び名がないからこう言っておくが――の能力がどうやらぼくらには備わっていたらしいということだ。お互いに自分の思っていることをいちいち説明する必要がなかったのだ。言うなれば、試合なれしたラグビーのスリークォーターの名コンビといった風情があった。

さらに、ぼくらは偶々《たまたま》どんな大物に出くわしても自分らの方が遥かに秀《すぐ》れているということを知っていたため、愉快だったということもある。ぼくらには他人様が思っている以上に、ずっとものを考える時間があったので、それだけで自分たちのほうが秀れているという自信がもてたのだ。

ぼくらは猟《グレイハウンド》犬みたいなもので、世間の連中はみんな野うさぎだった。しかし、ぼくらと連中のスピードの差は途方もなく開いていた。飛行士と御者を比べるようなものだった。

ぼくらはその夜、早く床に就いた。もう少しばかりパリには飽きてしまっていた。なにしろぼくらにとってパリはテンポが余りにも遅すぎるのだ。譬えて言えばワーグナーのオペラでも聴いているようなものだ。もちろん血わき肉踊るといった瞬間だって無いわけじゃないが、それでも殆どはヴォータンとエルデの対話みたいに冗漫で、ぼくらはうんざりとしていた。ぼくらは二人きりになりたかった。なにしろほかの連中ときたらぼくらの速度について来られないのだ。

眠っている時も起きている時も似たような気分になってきた、というより殆ど同じような気分になってきた。眠っている時は、少しの間注意力が散漫になっているようだが、夢を見ている時でさえぼくらの愛情は強まっていった。

どんな事件が起こっても、大したこととは思わなかった。普通の場合は、人間の行動なんて或る程度は抑制されるものだ。よく言われることだが、人間は何か行動を起こす時には、よく考えてからするものだ。ところがぼくらはもう、よく考えるということがなかった。全く抑えるということをせず、欲望はすぐに行動に移された。疲労などというものもすっかり影をひそめていた。

翌朝、ルーとぼくは日の出と共に目覚めた。部屋着を着たままバルコニーに立ち、二人で陽の昇る様を眺めた。ぼくらは太陽と一体になったような気分になった。朝日に負けないくらい清々しい燃えるような気分だった。汲めども尽きぬエネルギーが湧いてきたのだ！

ルーとぼくは踊り、歌いながら朝食をとった。盛んにペチャクチャ喋り、大声で同時に話をしたり、今日一日何をしようかと相談したりした。案が頭に浮かんで来る度に、それが恍惚とした昂奮の種になったり、なかなかおさまらない笑いの種になったりした。

　午前中は買物をすることにしようと決めた時に、名刺が一枚部屋に届けられた。やってきた客はウルフ氏の秘書だったのでぼくは一瞬びっくりした。

「やあ、あの人か」とぼくは言ってから、前日に電報を打ったことを思い出した。

　ぼくは驚きのあまり、たちまち胸が苦しくなった。何かまずいことでもあるのだろうか。しかし、コカインのお蔭でぼくは何もかも大丈夫だという安心感を得た。

「この人には会わなくちゃいかんだろうと思うね」とぼくは言い、部屋にお通しするようにボーイに頼んだ。

「長居はさせないでね」とルーが口をとがらせてすねて、さっと抱きついてキスをするや寝室に駆け込んで行ってしまったが、その抱きつき方がひどく乱暴だったのでぼくのシャルヴェのおろしたてのネクタイが曲がってしまった。

　男がやって来た。ぼくはこの男の重厚な物腰にいささかうんざりしていたし、またその慇懃さにもかなり嫌気がさしていた。無論、誰でも多少はおもちゃの国の皇帝みたいにもてなされてみたいという気持ちは持っているものだろうが、しかしパリにはそんなのは似合わないのだ。

ましてやコカインには相応《ふさわ》しくない。

明らかに落ち着かない男のそぶりを見てぼくは不愉快になった。また本物の勲功士《ナイト》に重大な用件があってパリに派遣されたことをあからさまに自慢げにしている男の様子もぼくを不愉快にさせた。

ほかの何にもまして飛行から学べることが一つあるとしたら、それは俗物根性を憎悪する気持ちだ。雲の上を飛んでいると、ガーター勲章でさえ、なりをひそめる。

ぼくはあの男がもう少し人間味をもってくれないことには、どうしても話をする気になれなかった。用件を言わせる前に、まず坐らせて、酒と煙草をのませた。

もちろん、これで万事具合がよくなった。用件とは、何のことはない、すぐには六千ポンドは都合がつかないので、大至急必要ということであれば、幾つかの書類にぼくが署名しなくてはいけないということだった。その書類は、ぼくの電報を受けるやすぐにウルフ氏が作成してくれていた。手続きは領事館でやってもらったほうが良い。

「よし、タクシーだ」とぼくが言った。「すぐに出掛けよう」

ウルフ氏の秘書は階下に降りて行った。ぼくはルーのところへ走って行き、用があるので領事のところへ行かなくちゃいけない、でも一時間もすれば帰ってくるから買物には行けるよ、と話した。

ルーとぼくは薬《ヤク》を深く吸いこんで、さよならの口づけを交わした。まるで、三年間の南極探検に出かけるみたいだった。ぼくは帽子と手袋と杖をさっと手に取って出掛けようとすると、若い秘書が戸口で待っていた。

パリの酒と空気のお蔭でこの男は自分の体面ということを考えるようになっていた。ぼくが車に乗りこむのを大人しく待っているかわりに、先にもう乗って坐っていた。挨拶の仕方は相変わらず慇懃だったけれども、それ以上にいかにも大使然とした態度が目についた。気取って帽子に手を遣る癖はさすがに抑えていたが。

ぼくは妙に自分が自惚《うぬぼ》れているのに気づいた。と同時に、ルーのもとへ帰ろうと大あわてになってもいた。ぼくの頭には次から次へとルーのことばかりが浮かんできた。言われた箇処にぼくは署名をした。すると領事がそこら中に捺印した。ホテルへ車で帰ると、例の秘書が何やら不思議なお尻のポケットから鍵つきの革製のサイフを取り出して百ポンド紙幣で六千ポンドぼくに渡してくれた。

当然、ぼくは秘書を昼食に誘わねばならなかった。それが礼儀というものだ。しかし、辞退してくれたのでぼくは嬉しかった。二時の汽車で街に帰らなくてはいけないとのことだった。「あら、まあ、随分手間どったものねえ」とルーが言った。ルーがうまく暇つぶししていてくれたことは分かった。暇つぶしに夢中になっていたのだ。ルーは体を左右に小きざみに振りながら狂ったように踊ったが、これは神経が苛立っている証拠だということは容易に理解できた。それでもルーは嬉しそうで、輝いており、昂奮のあまりはちきれそうな様子だった。

ところでぼくは見殺しにされるのは嫌だ。なんとかルーに追いつかなくちゃいけなかった。そこで文字どおり雪《ヤク》をシャベルでかっ込んだ。州議会から時給一シリング払ってもらってもよかったくらいぼくは損をした。世の中は悪と不正に満ちている。

しかし、議会で審問してもらう暇なんてぼくらにはこれっぽっちもなかった。ルーは今にも泣き出さんばかりだった。なにしろ着るものが一枚もないのだ。それに宝石も実は全然無かった。勲功士《ナイト》だということは、とりも直さず悪しき事を見たらそれを匡《ただ》すのが義務だ。

さいわい、当面は何も問題は無かった。まずは平和通り《ルー・ド・ラ・ペ》まで車で行けばそれで良かった。あの真珠がルーの首にかかっているのを見た時ぼくは何をかくそう、あやうく卒倒するところだった。それにあのカボションカットのエメラルドも！　いやはや、それが実にルーの髪によく似合っていたのだ！

パリの商人は間違いなく藝術家だ。一瞬にしてまずいところを見極めてしまう。ルーのドレスの青い色に合うものなどは無かったので、店員はサファイアとダイヤモンドをちりばめたブレスレットと、プラチナ台の水雷形《マーキーズ》の大きな指環をぼくらに見せてくれた。これでルーは見違えるばかりになった。が、店員はまだ納得できないという様子だった。困った顔をしていたと、その顔にぱっと光が射した。問題が解決したのだ。こういう本当に真面目な男に出会った時は信頼するに限る。足りないのは赤い色のものだったのだ。

前にルーの唇のことは書いておいたが、その長くぎざぎざと曲がりくねった緋色の唇は、まるで別の生き物のようにいつでも苦しみつつも喜んでいるかのようにのたくり歪んでいた。店員は即座に何が必要か見てとった。唇と同じ表情を思わせるようなものを身につければいいのだ。これこそまさに藝術の秘訣だ。というわけで、店員は深紅色のルビー細工の蛇を取り出した。

これには驚いた。こんなに綺麗なものは今までお目にかかったことがなかった。ただしルーの美しさは別として。そのルビーを見れば誰だってルーの唇を連想してしまうだろうし、またルーの唇を見れば必ず誰でもキスしたくなってしまうものだ。さて、そこで世界一の美女を女房にしたということをパリの連中に証明してやるのがぼくの義務になったのだが、それには最高のドレスを着させ素晴らしい宝石を身につけさせてルーの姿を披露するのが順当なやり方というものだろう。それがぼくの女房となったルーへの務めだ。その程度のことくらい楽にしてやれるだけの余裕はあった。ともかくぼくはまあまあの金持ちだし、それにフェクリーズの仕事に投資した五千ポンドはどう控え目に計算したって少なくとも二百五十万ポンドには成ること受け合いだ。これはぼくがこの目で見てきた上で判断したことだから間違いない。

儲けは全部純益になるのだから、それをうまく頭を働かせて使って悪い理由は何一つ無いわけだ。ウルフ氏自らだって当時のようなご時勢では納得できる投資なぞそう簡単にできるものじゃないことは重ねて強調していたくらいだ。

ウルフ氏はぼくに、常に価値の安定しているダイヤモンドと毛皮に大勢の人間がお金を投資しているという話をしてくれた。なにしろ、国債とか何とかいう類《たぐ》いはまず不意に課税されてしまうことがあるし、それに価値が下落してしまうこともあるのだ。ヨーロッパ諸国から低く評価されてしまう可能性が背後で見えかくれしているのだから。

家庭をもつ人間として、ルーにできるだけ沢山の宝石を買ってやるのがぼくの務めというものだ。が、同時にやはり注意深くならなくちゃいけない。

ぼくは先ほど言ったような宝石を買い、勘定を支払った。自分用の緑の真珠のタイピンは買う気にはなれなかった。ただし、あんなタイピンがあればいいな、とは思った。というのはあれを見るたびにぼくはルーの目を思い出すことができるのではないかという気がするからだ。が、しかしあのタイピンはちょっと高価だった。ウルフ氏は相当真面目な面持ちで、借金なぞしてはいけませんよ、と警告してくれていたので、ぼくはほかの買物ぶんの料金を支払って、外に出た。ルーとぼくは車に乗ってブローニュの森へ食事に出かけたと思う。ぼくらはタクシーの中で雪《ヤク》を少しばかりやった。ルーが泣き出した。ぼくが自分のものは何一つ買わなかったからだ。それから二人でもっと雪《ヤク》をやった。時間はたっぷりあったし、誰も二時前に昼食なぞとるわけがない。ぼくらは真っ直ぐ宝石店にもどって行き、緑色の真珠を買った。ルーがすっかり喜んでしまったので、タクシーは飛行機さながらになった。というより、飛行機など問題にならないくらい舞い上がってしまった。

ぐずぐずとためらってるのは莫迦だ。何かをし始めたら、それを最後までやるほうがずっと賢明だ。あの男は何と言ってたかな。「タイピンの勘定ごときに自分の命を賭けてたまるか」そうこなくちゃ嘘だ。「旦那、勘弁して下さいよ。私をあぶない目に遭わせるような奴は葬ってしまいますよ」

これぞペンドラゴン一族の気骨、飛行士の気骨っていうものだ。頂上《トップ》を目指し、頂上を極めたらその頂上の座を守り、ほかの奴らを撃ち落としてやれ！

金の成る樹を求めて

第七章

カスカード・レストランでの昼食は夢見ごこちだった。食べながら、実は味なんてまるで分かっていないことに、自分でも気づいていたような気がする。前にも言ったと思うが、コカインの麻酔作用で色々な現象が起こるのだ。

こんなことを言いながら、ぼくは医学生だった昔の自分の姿がつい顔を出してしまうことに気づいている。

でもそんなことは気にしないでもらいたい。要は、適当な分量の雪《ヤク》が体内に入っていると、ごく普通の感覚でものを感ずることはできないということなのだ。言うなれば自分とは別の自分がものを感じているということだ。だから、苦痛があっても、それを痛いとは思わない。学校で歴史上の恐ろしい出来事について楽しんで読むのと同じように、苦痛というものを楽しむのだ。

ところがコカインにはこんな難点がある。つまり、アメリカ人は例外として殆《ほとん》ど誰でもウィスキーをほどほどに飲むということは出来るだろうが、コカインの場合はそれが滅多にできないのだ。一服やるごとに、どんどん気分が良くなってきて、ついにはどのくらいやったか分からなくなってしまうのだ。

これだけあればいつまでもなくならないだろうと思ったグレーテルがくれたコカインが底をつき始めた頃には、ぼくらはもうその事に気づいていた。

ぼくらはコカインをやり始めてからまだ二、三日しかたっていなかったのだが、三、四回嗅いだということは、まずほぼ永久に嗅ぎつづけなくてはならなくなったということだ。しかし、そんなことはどうでもよかった。というのもコカインは山ほど手に入っていたのだから。あの包みの中にはコカインかヘロインが二、三キロは入っていたに違いない。八分の一グレイン〔一グレインは〇・〇六四八グラム〕という量がヘロイン一回分としては相当な量になると考えれば、一ポンド〔ここの場合、一ポンドは約三百七十三グラム〕あればどんなに楽しく過ごせるか容易に察しがつこうというものだ。

思い出してもらいたいが、二十グレインが一ペニーウェイト〔一ペニーウェイトは二十四グレインが正しい。約一・五五五二グラム〕で、三ペニーウェイトが一スクループルだ。それからこれは忘れたが、何スクループルかが一ドラクマになって、八ドラクマが一オンスで、十二オンスが一ポンドだ。

ぼくはまるっきり間違って覚えていた。英国の重さや長さの単位をきちんと理解できたためしがなかった。もっとも、ちゃんと覚えている人間にはまだぼくはお目にかかったことはないが。しかし、ともかく肝腎な事は、一ポンドもあれば、八分の一グレインずつやれば相当長い間もつということだ。

さて、それじゃ、こんなふうに言えばよく理解してもらえるだろう。十五グレインは一グラムで、千グラムが一キログラム、一キログラムは二・二ポンドだ。ただよく分からないのは一ポンドが十六オンスなのか十二オンスなのかということだ〔一ポンドは常衡では十六オンスだが金衡では十二オンスになる〕。しかし、コカインにせよヘロインにせよ一ポンドも持っていればそんなことはちっとも問題になるとは思えない。かなり長い間楽しめるのだから。だがいちいち量を計りながらやるというのは随分気詰まりなことだ。

アヘンとかアヘンの類《たぐ》いに慣れている者はちっとも気にせずに大量のコカインを服用できるとクウェイン〔イギリスの医者リチャード・クウェインのこと。一八一六―九八〕が言っている。通常の場合なら、コカインの致死量は半グレインだが、ぼくらはまるで無頓着に使っていた。

皮下注射でもする時でなければ量を計るなんてことは考えもしない。必要だと思ったら一服やるだけだ。結局のところ、それが自然界の法則なのだ。腹が空けば食べりゃいい。一日に何度も食べるのに、毎回量をいちいち計るくらい健康に悪いことはない。

毎日三回肉食をすることになっている古き豪奢な英国の原則のお蔭で、実にひどいことに、必要以上にわれわれは尿酸を採りつづけてきたのだ。

生理学の方からも経済学の方からも、それに確か地質学の方からさえ、一様に非難の声があがっている。

さて、ルーとぼくは申し分のない健全な暮らしをしていた。いつものペースが落ちてくるとすぐにコカインを一嗅ぎし、コカインが歯向かって手に負えなくなりそうだとヘロインを一服やった。

人間に必要なのは、自分の軀《からだ》の要求に見合った適当な量を服用できるだけの健全な常識なのだ。順応性が必要なのだ。常に一定量を守るというのは、精神的な意味での社会主義になる。自然に従うのが一番だ。ぼくらはもうそのゲームに取りかかっていた。

プチ・サヴォワヤールでへまをやらかしたお蔭でぼくらは賢くなってしまった。飛行中、刻々と強くなっていったのだ。

あのクーエという奴は、アメリカ人の言う臆病者《パイカー》だ。「毎日、どこから見ても、私はどんどん元気になっている」本当にそうだろうか？ あいつはただ言葉の綾でそう言っただけだろう。どうして毎日なんだ。一分と言えども大事な世界にぼくらは生きているのに。

教会まで十マイルの道のりを半分ほど歩いたところで、息子に「今日はごきげんな日だね」と言われて、スコットランド人が応《こた》えたとおり「日のことなんか問題にしている場合かね」と言いたい。

日にちのことを考えれば、年のことを考えざるを得なくなり、年のことを考えると今度は死ということを考えることになってしまい、まったく話が莫迦げたものになってしまう。

ルーとぼくは一分、一秒を大切に生きていた。時を刻む時計の音の間隔が、ぼくらには無限と思われるくらい長く感じられた。

ぼくらは永遠の生命をさずけられたのだ。死などとは全く無縁だった。「明日という日はやって来ない」と言った人がいたが、随分賢い人もいたものだ。

ぼくらは時間も空間も超越していた。われらが救世主の教えを守って生きていたのだ。即ち「明日を思いわずらうことなかれ」だ。

ある大きな不安がぼくらを捉えた。パリはどうにもやりきれなかった。時間なんてものが無用のところへ行かなければならない。

昼夜の区別なんて大した問題じゃない。しかし、時間に縛られて仕事をしている連中のお付き合いするのは我慢ならない。

ぼくらはアラビアン・ナイトの世界に住んでいた。制限されるのは何事によらず嫌だった。パリを見るたびにきまってぼくらは、秩序というものを押しつけられて生きている――それを生きていると言えるとして――小人の姿を連想してしまう。

慣習とやらに従って開店したり閉店したりというのはぞっとするし、莫迦げてもいる。そんなことにわずらわされない場所にぼくらは行かなくちゃいけない。

ある実に不愉快な事件が起こって、カスカードでの昼食が台無しになってしまった。店に入って行った時、ぼくらは信じられないほど目立ってしまった。ユリの花にとまろうとしている蝶々みたいにふらふらと入って行ったら、店内が騒がしくなった。ルーの美しさに誰もがうっとりとなってしまった。身につけている宝石が皆の目を奪った。

ぼくは不意にアポロとヴィーナスの訪問を受けた良き時代のギリシア人たちのことを思った。ぼくらは胸が震えた。それはただ自分の中で湧きあがっていた恍惚感だけのせいでなく、皆がぼくらに敬服と羨望の念を抱いてるのが分かったため陶然となってしまったからだ。ぼくらは連中に、まるでお前たちはくず籠の中身だ、というくらいの気分を味わわせてしまったのだ。

ウェイターの主任の姿が高僧に変わった。主任は天才さながらに、この機に応じて才能を発揮した。昼食には何を食べたらよいかぼくらに思いきって進言しつつ、心の中では主任は恐縮しきっていた。

ぼくらにしてみれば、まるで弱小国の皇帝から貢物でも貰っているような気持ちになった。五、六テーブル離れたところに、何とあのキング・レイマスの奴がいた。

レイマスと一緒にいるのは或る高名なフランス人で、大きな赤い薔薇花飾りをつけ、貴公子然とした白い口髭とあご鬚は短かく刈りこんでいた。大臣か何かをやってる男だ。はっきりしたことは覚えていないが、新聞で何度も見たことはあった。ともかく、大統領とごく親しい関係にある男で、ぼくらが店に入って行くまでは、店内の関心の的になっていた。

ぼくらが現われたお蔭でその男の影はすっかり薄くなった。

レイマスはぼくらに背を向けていた。ぼくらの姿は見えなかったのじゃないかと思う。ほかの客たちは誰も彼もこちらを振り向いてざわついたのにレイマスだけは振り向かなかったのだから。

ぼくはもうあいつのことは憎いとは思っていなかった。あんな奴はまるで相手にもならない下種《げす》だ。が、だからこそ厄介だった。レイマスが連れと一緒に帰ろうと席を立ち、ぼくらのテーブルの横を満面に笑みをたたえて会釈しながら通って行った。

それから、なんと、忌々《いまいま》しい！　ウェイターの主任がレイマスの名刺をもって来たのだ。見ると鉛筆でこんなふうになぐり書きされていた。「ご用の際には小生をお忘れなく」

まったく忌々しい厚顔無恥な奴だ。無礼にも程があるってんだ。誰がキング・レイマスの如き朴念仁《ぼくねんじん》に用なんてあるものか。

あの野郎がそそくさと帰っちまわなかったら、お返しに気のきいた一言も書いて渡してやるところだったのに。しかし、まあそこまでやる価値はない奴だ。コーヒーのかすほども値打ちのない野郎だ。

でも、この時の一件はぼくの心には突きささった。その日は夕方までずっと苛々していた。ああいう奴は蹴とばしてたたき出してやらないと駄目だ。

畜生め、あんなひどいごろつきは二人といやしない。みんなそう言ってる。どうしてあいつは他人事にくちばしを差しはさもうとするのだろう。誰もあいつにお節介を焼いてくれなんて頼んでやしないのに。

そんなふうなことをルーに話すと、ルーはぴしゃりとうまいこと言ってくれた。

「全くよね、コッキー。あの人はお節介屋なのよ。熟さないうちから腐ってしまってるのよ、あの人の性根は」

シェイクスピアがそんなことを言ってるのをぼくは思い出した。ルーとしては最高の出来だ。はっとするくらい頭のいい女だが、絶対に自分の考えを他人に押しつけることはなかった。

くり返すことになるが、やはりぼくはあの男のことがしゃくにさわった。あまり苛立ったので、口なおしにコカインを大分やってしまった。

が、相変わらず苛立ちは消えなかった。ただし、それは別の形で現われて来たのだが。パリのブルジョワ的雰囲気がぼくの神経にさわった。

そう、あんな嫌な土地にいる必要はなかった。フェクリーズを捜し出して、金を支払い、些末なことにわずらわされずにすむカプリみたいなところへ行ってしまえばいいのだ。

ぼくは青の洞窟でルーが泳いでいる姿を見たくて、居ても立ってもいられなくなった。ルーのきらきら光る軀《からだ》から燐光が炎となってきらめく様を見たくてしようがなくなった。

運転手にフェクリーズのホテルで車を停めるように言った。あそこはぼくらが思いもよらない障碍に出くわしたところだった。

支配人が言うには、フェクリーズさんは今朝、急にお出掛けになりました。ええ、重い荷物はそのまま置いて行かれましたので、すぐにもお帰りになるかも知れません。いえ、どちらへお出掛けになったのかは何も伺っておりませんが。

無論、土曜の朝には例の五千ポンドをとりに戻ってくるだろう。ぼくが何をしたらいいかは一目瞭然だ。フェクリーズ宛にお金を預けて、支配人から受け取りを貰い、カプリのカリギュラへ書類を送ってくれるよう頼んでおけばいいのだ。

ぼくは現金を数え始めた。ルーとぼくはホテルのロビーに腰掛けていた。ぼくはすっかり困り果てたようなどうしようもない気分に襲われた。

「ねえ、ルー」と吃りがちに言った。「このお金を数えてくれないかな。ぼくにはちゃんと数えられないいんだよ。どうやらちょっとやりすぎたみたいだ」

ルーはぼくの鞄のポケットをあちこちと探してくれた。

「あなた自分のポケットにはお金を入れてないの」

心配になってぼくは自分でポケットを調べてみた。でも出て来たのはわずかばかりの小銭だけだった。あっちから千フラン、こっちから百フラン、上着からは五十ポンド紙幣、それから小額の紙幣が沢山——

そんなことをしている間にルーが鞄の中のお金を計算してくれた。合計金額は千七百ポンドをちょっと超えた程度しかなかった。

「何てことだ。盗まれたんだ」言葉も途絶えがちになり、ぼくの顔は怒りのあまり真赤になった。

ルーは冷静で落ち着いていた。何といったって、自分の金じゃないんだからな。ルーはホテルのメモ用紙を使って計算し始めた。

「大丈夫だと思うわ、あなた」とルー。

ぼくは急に落ち着いた。そうだ、これだけ金があればちっともまずいことはない。何も考えずにぼくは宝石店に金を支払っていたのだ。

ぼくらはもうすっかり身動きがとれなくなってしまった。ウルフに電報を打って、もっとお金を送れということは言えないな、と本能的に感じた。

ぼくは運が尽きたという気分だった。本当に急にひどい不運に見舞われてしまったものだ。ルーがぼくの腰に腕をまわして、ぼくの腕に爪をたてた。

「もうよしなさいよ、コッキー。あたしたち面倒にまきこまれずに済んだのよ。フェクリーズという人のことはいつも怪しいと思っていたの。こんなふうに逃げちゃうのは、あたしにはとても滑稽な感じがするわ」

二十五万ポンド儲かるというぼくの夢は消えてしまったが、ちっとも悔しい気はしなかった。詰まるところ、ぼくは賢明だったのだ。宝石というしっかりしたものに現金を投資したのだから。フェクリーズはどう見ても詐欺師だ。あの五千ポンドをあいつに渡していたら、もう二度とあの男からは連絡も来なくなっただろうし、金の行方も分からなくなっていただろう。

ぼくはまた元気を取り戻し始めた。

「ねぇ、もう忘れましょうよ」とルー。「フェクリーズさんには、お金の都合がつかず予定の日に間に合わなかったと手紙を書いて、それでもうよしましょう。それにあたしたちどうせ倹約しなくちゃいけないわ。決めたとおりイタリアに行きましょうよ。為替相場がとてもいいし、生活費がずいぶん安いわ。愛情とコカインがあるというのにお金を使うなんて莫迦らしいわよ」

ぼくはすっかり気をとり直して、ルーと同じ気持ちになった。フェクリーズに詫び状をさっと書いて、ホテルに置いて来た。大急ぎでイタリア領事館へ行ってビザの手配をし、ホテルのボーイに寝台車の手配をたのみ、最後の晩餐を楽しんでいる間に、メイドにぼくらの荷物をまとめるように頼んでおいた。

第八章

ナポリを見て――祖国のために――死ね

ちょうどうまい具合に間に合ってリヨン駅に到着し、特別列車に乗ることができた。パリをあとにしながら、ぼくらは深い安堵感に包まれた。同時に激しい疲労感にも襲われはしたけれども、それはそれで言いようのないほど快いものだった。頭が枕に触れるや、二人とも幼い子供のように、えも言えぬ深い眠りに就き、翌朝早く目覚めると筆舌には尽くし難いアルペンの空気に心は浮き立ち、肺が大きく広げられた気分だった。アルペンの空気のお蔭でぼくらはぞくぞくし、みみっちい文明社会から離れて、永遠なるものと接触することができた。ぼくらの魂は舞い上がり、汽車の上高くそびえる太古の山頂へと向かって行った。さらに魂は静穏な湖を突っ切り、荒れ狂うローヌ河に歓喜を覚えた。

ちょっと退屈したり、憂鬱になったり、苛立ったりしたくらいで、すぐに薬物を頼って飛びついてしまうのが、麻薬の危険なところだと思っている人が沢山いる。たしかに、それはそのとおりなのだが、麻薬の危険性がその程度のものだとしても、ごく少数の人たちはもっとひどい本当の危険にさらされることになるのだ。

例えば、この日のような素晴らしい朝、太陽が雪の上にも湖の上にも燦然《さんぜん》と輝き、その光を浴びて大地が赤く染まって、混じりけのない刺すような空気がぼくらの肺の中ではしゃぎ回る。ぼくらの若々しい目は愛と健康と幸福感に燃え上がり、こんなふうにぼくらは確かに言い合った。ほかに何もなくてもぼくらの詩は申し分のない完璧なものになるね、と。

ぼくは何のためらいもなくそんなことを言った。一つには、パリだとか文明だとか慣習だとかといった、現代が造り出した下らないものを逃れて、まるで罪の重荷を背からおろしたクリスチャン〔バニヤン『天路歴程』の主人公〕みたいな気分になっていたためだ。

ふさぎの虫を追い払う必要もなかったし、もう既にこの上ない陶酔に浸っていたのだからそれ以上陶酔する必要もなかった。ぼくら二人がいて、互いに愛し合っている。次々と姿を変えていく風景は限りなく美しい。永久《とわ》にかわらぬ理想が、尽きることのない可能性の中を楽しげに漂っていた。

しかし、言葉が口をついて出てこないうちに、ずるそうな笑みがルーの愛らしい顔に浮かんで、秘密の喜びをぼくの心の中に焚きつけた。

何やら意味ありげに聖餐式でも執り行なうような調子でルーはぼくに一つまみ、ヘロインをくれた。ぼくはそれをもらうと、同じくらいの分量を自分の掌の上で計ってルーにあげた。まるで二人ともぼんやりとした強烈な欲望に呑みこまれたみたいな感じだった。ヘロインを服《や》ったのは、とくに必要だったからじゃなく、聖餐式という行為が、言わば宗教上の儀式だったためだ。

あの儀式は敬虔な行為とされてはいるけれども、別にそれが必要な行為だというわけではない。これは厳然たる事実だ。

同様に、麻薬を一服やったからと言って、とくに良いことがあるかというと、そういうわけじゃない。日課であると同時に儀式にもなっているのだ。プロテスタントの聖餐式のような祝典であると同時にカトリックでいう聖変化でもあるのだ。お蔭でぼくらはその時浸っていた素晴らしい恍惚感を今後も味わう権利があることを思い出した。また儀式のお蔭でその恍惚感が新鮮なものにもなった。

清々しいアルペンの空気を吸いこんでいるのに、一向に朝食を食べたいという気にならないことにぼくらは気づいた。そして、二人とも、人間の食物は神々には粗末すぎるということを、たちまちのうちに察知し、互いに納得し共感した。

その共感は実に強く、実に繊細で、実にしっかりと二人の心の中に響きわたったので、ぼくらが二人の別箇の存在だったことがあるなんてことはまるで納得できなかった。えも言えぬ幸福感について静かに考えていると過去なんぞは消えてしまった。仏陀の像から発散してくる変わることのない喜悦、モナリザの口に浮かぶ謎めいた得意の色、エデ・ラムルーの物腰に漂うこの世のものとは思えぬ何とも言いようのない嬉しそうな様子、こういったものの意味がぼくらには分かった。

列車がロンバルディアの平原を疾走している間、ぼくらは黙ったまま煙草を吸っていた。エウガネイの丘陵を唄ったシェリーの詩の奇妙な断片が水色のあるいは紫色の亡霊さながらにぼくの心を去来した。

――ロンバルディアのけぶりなす平原に

汚れなき都の姿がここかしこ

百年ほどの間に都市のほうは大半が営利化されて、紛争の場、汚水溜めと化してしまったが、シェリーはなおも太陽さながらに静かに輝きつづけていた。

——緑なす数多《あまた》の小島も災厄の
この広き海に浮かばざるを得ず

シェリーがその筆で触れたものは何もかも華開き久遠の生命を宿すことになった。ルーとぼくはシェリーがそのいかにも預言者めいた眼で見た島で暮らしていた。

ぼくはあの比類なき牧歌のことを考えた。『エピサイキディオン』の中でシェリーはエミリアをあの島に招いているが、ぼくにはどうもあそこを島とは呼べないのだ。

ルーとぼく、恋人とぼく、君とぼく、つまりぼくらはただ単にそこに行っただけではないのだ。ぼくらはいつでもそこにいたし、また今後もずっといつまでもそこにいることになる筈《はず》だ。

その島の名前、屋敷の名前、シェリーの名前、ルーとぼくの名前、それは全部同じ一つの名前になった——つまり「愛」だ。

——的を目指し天翔ける言葉は火矢にからまる鉛の鎖、その言葉もて、わが歌は
稀なる愛の高き世界へ突きすすみ、
我はあえぎ、我は沈み、我は震え、我は消ゆ

実は、ぼくらの肉体というものが、思考の影響をそのまま反映して動いているらしいということにぼくは気づいていた。ぼくらは二人ともせわしく深く呼吸をしていた。顔は赤くなり、陽射しのように神々しい血液が満面に流れ、その血液はぼくらの愛情というワルツにリズムを合わせて流れていた。

ワルツか？　いや、ワルツよりも荒っぽかったな。マズルカかな、ひょっとすると。いや、ぼくらの魂の中にはもっと野蛮なところがあった。

ぼくはグラナダのジプシー達がくり広げる熱狂的な舞踏《ファンダンゴ》やら敬虔なムーア人たちの狂気的

な激しい浮かれ騒ぎのさまを思った。ムーア人たちときたら神から授かった小さな斧を手になぐり合いを演じ、刺すような陽射しのもと、血を流しあって全身を赤く染め、灼熱の砂上に点々と血痕をのこす、といった狂乱ぶりだ。

　ぼくは酒神バッカスとそのお供の女どものことを思った。ぼくはエウリピデスとスウィンバーンの活き活きとした目を通して連中の姿を見たのだ。が、それでも飽きたらず、もっと異様な偶像《シンボル》はないものかと夢中で探した。ぼくは狂気の宴をとりしきる呪医となって、殺人鬼の黄色い群れを、さらに熾烈《しれつ》な大夜会へと駆りたてた。狂ったような太鼓《トムトム》の音とうなり板〔オーストラリア原住民・アメリカインディアンなどの儀式用楽器〕の無気味な悲鳴が信者一同の人間らしい特質をことごとくたたき潰し、凄じいエネルギーを生み出した。さらにヴァルキュリア〔オーディンの命で空中に馬を走らせて戦死した英雄たちの霊をヴァルハラに導き、そこに侍する北欧神話の少女たちの一人〕のような吸血鬼どもが嵐のさ中波のように押し寄せて、金切り声をあげていた。

　それを幻影と言っていいのか、それとも心理学的にどう分類すべきなのかぼくには分からない。ともかく、そういう情況が、ぼくの身にも、ルーの身にも起こっていたのだ。ぼくらはただ大人しく車の中に坐っていただけなのだけれども。そのうち次第にはっきりと分かってきたことがあった。つまり、エデは下層階級の平凡で無智な女であったが、どういうわけか途方もない真理の大渦巻の中に呑みこまれていたのだった。

人間の精神と肉体が示すごく普通の行動や反応なんてものは実に、古代エジプトの女神イシスの顔にかけられた無闇に数ばかり多いヴェールと同じだ。

そんなものがどうなろうと問題ではなかった。それよりも、そんな行動・反応を封じこめてしまう手立てがあると分かって唖然としてしまった。

ぼくは言葉の価値というものが何なのか分かった。言葉なんて筋のとおった意味があるから価値があるんじゃなくて、象徴的な合意があるから価値があるのだ。

――上都に忽必烈汗《フビライ・ハン》は勅して
　壮麗な歓楽宮を営ましめた

名前などというものは特に確固たる意味を持ってるわけじゃない。ただ詩の雰囲気を決めているだけだ。意味なんか通じないからこそ詩は崇高になるのだ。

ぼくはダンセイニ卿の物語を読んで、色々な名前に人の心を恍惚とさせる力があることを知った。また、魔術師たちの使う「召喚の野蛮な名」とかグノーシス主義者の唸り声や口笛、ヒンズー教徒の真言《マントラ》が魂をくるくると回転させ、ついにはめくるめくような恍惚に包まれるさまを知った。

汽車に乗ったまま通り過ぎて行くだけの土地の名前でも、聞いたことのない朗々たる響きをもっていれば、ぼくは昂奮した。

「エ・ペリコロソ・スポルゲルシ（「身を乗り出すと危険」の意）」というイタリア語を見ると次第に激しく昂奮するようになった。確かにイタリア語を話す人にとっては大した意味のない言葉なのだろう。でもぼくにしてみれば、何でも解決してくれる魔法の鍵だった。ぼくはどうにかして、そのイタリア語を、ルーに寄せるぼくの想いと結びつけてみた。あの莫迦らしくもわずらわしい知識というやつが邪魔する時は別として、見るもの聞くもの全てがルーに寄せるぼくの愛情《おもい》の象徴となった。

午前中はずっと二人ともこの激しい恍惚に身をまかせていた。かつて観たことのある現代の某狂人画家の手に成る絵の題名が頻《しき》りにぼくの心に浮かんできた。「雪原の中を黒い山羊を一頭何処《いずこ》ともなく曳き連れて行く四人の赤き修道士」

こんな題名をつけたのは、明らかに彩色の失敗を隠すためだ。しかし、そのどうにもならないほど愚かしい言葉遣いと、不吉な悪意をそれとなく窺わせるところが何とも言えず、ぼくは昂奮を抑えながらあえいだ。

びっくりするくらい出し抜けにお腹が鳴って昼食の合図をした。目が覚めて気づいたのだが、ルーとぼくはもう幾時間もお互いに口をきいていなかったし、また自分たちの創り出した宇宙の中を途轍もない速度で、悪魔のように喜び勇んで駆け抜けていたのだった。それから、知らず識らずのうちに反射的にコカインを吸いこんでいたことにもぼくは気づいた。

物質界なぞはもう殆《ほとん》どどうでもいいようなものになってしまったため、ぼくは一体自分がどこにいるのかも知らなかった。今まさにしている旅行が、二、三年前にした大陸旅行の記憶と入り混じっていた。

ルーがパリよりも遠くへ行くのはこの時が初めてだった。ルーは、今、何時とか、今どこにいるのかしら、などと頻りにぼくに訊いた。ルーの場合、なれなれしくふるまったからといって軽蔑するということはなかった。また、ぼくはルーに旅行をしながらごくありきたりのことさえ説明してやれなかった。自分たちがどっちの方向に旅をしてるのかも知らなければ、次にアルプスが姿を見せるのか、どっちのトンネルに入って行くのかも知らなかったし、フィレンツェの中を素通りするのか、そもそもジュネーヴとジェノヴァの違いすら知らなかったのだ。

道筋をよく知ってる人なら、ぼくの頭がどんな混乱をきたしていたか分かってくれるだろう。なにしろ朝晩の区別も殆どつかないようなていたらくで、およそある筈のないことを絶対に間違いないとばかりに自信をもって頭に描いていたのだ。

ぼくらは起きては、通廊の壁板に掛かっている地図を眺めたが、自分たちが一体どこにいるのかぼくには分からなかった。かかった時間から距離を推し測ろうとしたものの、混乱した頭はますますひどくなり収拾がつかなくなってしまった。

果たして国境では時計を一時間進めて良いものか、それとも遅らせてよいものかと、難解な天文学上の計算にまで手を出したものの今の今まで自分があの時正しい結論に到達したのかどうか分からない始末だ。解決できる見込みも半分はあったのだけれども、それ以上のところまでは行かずじまいになった。

ローマまで足を伸ばそうと列車から降りたことは覚えている。二十分かそこらの待ち時間のあいだに見物してやろうという強烈な衝動にかられたのだ。

ぼくは本当に見物に出掛けたかもしれないのに、ローマのプラットフォームで或るショックを受けて足を止めてしまった。ありえないことが起こったのだ。

「これは、これは」と三輌先の車輌の窓から声をかけられた。「こんな偶然ってありますかねえ！　お元気ですか」

ルーとぼくは自分の耳を疑って、顔を上げて見た。何と、人もあろうにフェクリーズの奴だった。

もちろん、ぼくはあの男に会いたいと思ってはいたのだけれども、結局、ずいぶんぎこちないふるまいをしてしまった上に、図らずも我ながら莫迦な真似をしてしまった。しかし、よく見ると、驚いたことにフェクリーズときたら、まるで別人のような恰好で旅行しているではないか。殆どフェクリーズだとは分からない出で立ちなのだ。

金髪で、禿《はげ》が一つあり、髭はきれいに剃った男だということはまだ書いていなかったと思うが、この時のフェクリーズは黒髪だった。かつらが無言のうちに自然という奴は冷酷だと譴責《けんせき》してるような風情だった。小さな黒い口髭と皇帝髭をつけて変装は完璧だった。しかし、その上フェクリーズの服装がもうそれだけで隠れ蓑になっていた。パリでは実にまっとうな恰好をしていた。良家の出の紳士だったのかも知れない。

ところが、この時は団体旅行のガイドさながらというか、高級品を扱うセールスマンといった出で立ちだった。粋な中にもはっきりと俗っぽさがのぞいていた。ぼくは本能的に、フェクリーズの名前を明かさない方がいいなと察した。

と、この時、列車が動き始めたので、ルーとぼくは跳び乗った。すぐにフェクリーズのいる車輛へ行ってみた。小室になっていて、フェクリーズしかいなかった。

フェクリーズが再び現われたお蔭で、どんなにぼくの神経がショックを受けたかは、先程記《しる》したとおりだ。普段なら、実に気まずい思いをしたことだろうが、コカインのお蔭で言うなればば簡単に柵を越えることができた。

つまり、これは歓迎すべき出遭いということになったのだ。ぼくらのお伽噺に新たな冒険譚が一つ加わったというわけだ。ルーは、大変なはしゃぎようで、ぼくなど一箇月くらい前なら頭がおかしくなったのかと思うくらいだった。しかしこの壮大な新婚旅行では、何もかもがこの上なく素晴らしかった。

フェクリーズはこの出遭いにえらく嬉しそうな様子だった。ぼくは多少心配になって、ホテルの置き手紙は受け取ったかどうか訊いてみた。すると、急用で去《た》ってしまったままだから、まだ受け取ってないという。そこでぼくは詫びながら、手紙の内容を話した。

長旅のせいでぼくはひどく疲れていた。何事も真剣に受けとめてしまっていた。ただし、コカインのせいでこの時は、この問題が真剣なものだとは理解できなかったのだが。

「おやおや」とフェクリーズが応えた。「この件で君にわずらわしい思いをさせていたとは申し訳ないですなあ。実はこんなことになりましてね。あの時電話で決めたとおり、四時にあの人たちに会いに行ったのですよ。何から何まで本当にきちんとやってくれていましたので、私は五千ポンドで手を打たなくてはいけなくなったのです。その場で私に小切手をくれました。ところで、私が昔からの友達を反古《ほご》にしたなんて思われては困ります。いつでも構いませんから、少し遊んでるお金がある時には、投資して下さい。儲けられますから」

「いや、それはご親切に。その言葉は忘れないよ。もう今回の件はけりがついたのだから、英国に帰ってからということにしたほうがいいだろうね」

「それはそうですよ」とフェクリーズ。「仕事のことは一切考えないことですな。新婚旅行中の人に仕事の話をするなんて私がいけなかったのです」

ルーが話に加わった。「でも事情を説明してくれませんこと。あなたがたにはよく分かってらっしゃるのでしょうけど、あたしは所詮《しょせん》女ですからね」

俄《にわか》にフェクリーズは真剣な面もちになった。小室の戸口のところまで行って、通廊を右に左に見回した。戸を閉めると小声で喋り始めた。

「これは大事なことでしてね」と言ってから、そこで間をおいた。

フェクリーズは鍵の束を取り出して、もて遊んだ。まるでどこまで話してよいものかと迷っているようなふうだった。鍵束を決然としてまたポケットに入れると、こう言った。

「いいですか、私は君にいちかばちか賭けることにしましょう。戦時中、君が英国のためにどんなに尽くしたかは皆知っているとおりです。それに、あれこれ考え合わせると、君が私のほぼ最初の頼みの綱だということになります」

フェクリーズはここで口をつぐんだ。ぼくらはぼんやりとフェクリーズを見つめた。もっとも心の中は何とも言いようのない押し殺したような昂奮に沸きかえってはいたのだが。

フェクリーズはパイプを取り出すと、吸い口をかなり苛立ってるように噛り始めた。深呼吸をすると、ルーの顔を正面からじっと見据えた。

それから殆ど聞きとれないくらい小さな声でこんなふうに言った。「大きな金儲けの計画のさ中に急にパリを発ったかと思ったら、今度はすっかり変装してイタリアに現われるなんていう現場を見ると何か思われますか」

「警察に追われているのかしら！」とルーがくすくす笑って言った。

するとフェクリーズは心から嬉しそうに笑い始めた。

「もう一息で正解ですよ。さあ、もう一度」

ただちにぼくの頭には正解がひらめいた。ぼくの考えていることがフェクリーズには分かって、微笑みながらうなずいてくれた。

「あら、わかったわ」とルーが抜け目なく言って、フェクリーズの方に身を寄せるようにして囁いた。その言葉は——

「スパイ活動」

「そのとおりです」とフェクリーズがおだやかな口調で応えた。「これで話は振りだしに戻ることになりますね。いいですか」

フェクリーズはポケットからパスポートを出して開いて見せてくれた。ジュネーヴのエクトル・ラロシュ氏というのが名前のようだった。職業はガイドだ。

ルーとぼくは分かったとばかりにうなずいた。

「私はお二人を見た時、途方に暮れましたよ。或る非常に危険な人物を追跡してるところなのですが、その男はカプリ在住の或る英国人の信頼をすっかりものにしていましてね。お二人はカプリへ行かれるんですよね」

「ええ」とぼくらはまるで国際的な重要人物になったような気分で返事をした。

「それで、まあ、こういう次第なのです。つまり、カプリは実に小さな土地ですから、特にもっともらしい理由もなく私がカプリに現われれば、皆が私を見、私を話題にすることになるでしょう。あまり見られたり話題にされることになれば、私は必ずしも今の職業とは関係なく、うさん臭いよそものだということにされてしまいます。で、もし私の追っている男が警戒でもすることになれば、何にもならないことになってしまいます」

「そうだね」とぼく。「それはよく分かるよ。でも、そう、もちろんわが英国のためなら水火も辞さないつもりだけれども、どうすれば君の力になれるのかな」

「そうですねぇ」とフェクリーズ。「そんなにお二人にご迷惑をおかけするようなことは致しません。お二人とも私を見る必要さえないのですよ。でも、もし私がお二人のガイドということになって、先頭を切って部屋の予約をとったり、荷物の管理をしたり、船の手配をしたり、といったことをできれば、私は身分を明かさずに済んで助かります。それにこういう時ですから、私がガイドということになれば、お二人も面倒がはぶけることになるかもしれませんよ。ここらへんの奴らはとんでもない山賊野郎ですからね。旅行者、しかも新婚さんとなると、ひどく面倒なことばかりが次から次へと起こりますし、盗難にも遭うことが多いのですよ」

という次第で、神のおぼしめしかと言うくらい好都合にことが運ばれて行きそうになった。実のところぼくは悪党どもを近づけないように誰かを雇おうかと考えていたところだったので、まさにこれは一石二鳥だった。

ルーは明らかにこの取り決めを喜んでいた。

「あら、それじゃあんまりだから、あたしたちにもっと何かさせて下さらないと。もしあなたのお力になれるようなことがあったら、なんなりとおっしゃって下さいませんこと」

「ええ、きっとそうさせて頂きます」とフェクリーズが嬉しそうに言って、ぼくらは目出たく握手をした。「お二人がお力になってくれそうな事が起こったら、いつでもお願いすることにしますよ。ただし、これだけは絶対に守って頂かないと困ります。つまり、一言も口をきかずに、私の言うとおりに従って頂くということです。生きるも死ぬも自分次第です。審判が「アウト」と宣告すれば、それでアウト。あとは誰も尻ぬぐいなんかしてくれません」

この新婚旅行は実に面白いことになりそうになってきた。映画だってこうはいかない。自分たちはまるっきり努力も何もしていないというのに、奇々怪々のわくわくするような事件のさ中にいたのだ。素晴らしい恋愛に加えてぼくらにはヘロインとコカインがついていたので、どんな些細な出来事でも思うぞんぶん満喫できた。

「そうか」とぼくはフェクリーズに言った。「そいつはぼくにとっては望むところだ。君は以前、ぼくの頭を話題にして何とか言ってたけど、ぼくはそのことを忘れようと思ってるんだよ。なにしろ若い男が自分は頭がいいんだなんてのぼせあがるのはためにならないからね。しかし、ぼくっていう男は確かに世界一の幸運な男ではあるがね」

エクトル・ラロシュ氏《さん》は戦時中の手柄話をして、ぼくらを楽しませてくれた。勇敢な人だが、それに劣らず控え目な人だった。が、それはともかく、わが大英帝国が危機に瀕してる際に、この人が実に呆れるくらい抜け目なく祖国のためにつくしたことはよく分かった。ドイツ兵がのんびりと構えて考えこんでるすきに、連中の鈍重な心をこてんぱんにやっつける姿は想像にかたくない。

その晩の唯一の失敗といえば、ラロシュ氏に全然薬《ヤク》を吸わせることができなかったことだ。ということは、どういうことか分かるだろうか。こちらとしては何だか一人だけ仲間はずれにしてしまったような気分だ。麻薬は法律で禁じられているから勘弁してくれということだった。法律なんて下らないお役所の形式的な取り決めだという点ではぼくらと意見が一致したけれども、「もちろん、或る意味では法律ってやつも正しいものでしてね。薬《ヤク》のやり方も知らないくせに少しばかりいい気になって、大事なものを失《な》くしちまう連中がゴマンといますよ。その実情はご存じでしょう」と言われてしまった。

そこでぼくらはラロシュ氏には大人しく煙草を吸わせておき、自分たちの小さな部屋に戻って、小声でひそひそと現実にはありもしない数々の事件を話題にしてさらに二人の愛情を高め、きわめて愉快な夜を過ごした。ルーもぼくも一睡もしなかった。ただ暗闇の中をさっそうと通り抜け、やがて曙光がポジリポの山頂を撫で、朝日がナポリ湾の蒼い海水に陶然と挨拶するさまを眺めた。

列車が停まるとエクトル・ラロシュが戸口にいて、流暢なイタリア語で付近の誰彼なくに何ごとか命じていた。ぼくらは超一流のホテルの最高の部屋《スイート》をとった。荷物はぼくらが到着して十分と経《た》たないうちに届いた。朝食は申し分のない詩のような食事で、オペラは特等席、翌日はカプリへ向かうように予約が手配されていた。カプリでは例のカリギュラに部屋《スイート》が予約済みだった。午前中は博物館を見物し、午後は車でポンペイへ行った。ラロシュ氏が何もかも見事に手筈を整えておいてくれたお蔭で、こうしてまる一日出歩いてもぼくらはこの上なく清々しい気分でいられた。思わずかすかに開いた口からこんな魔法の呪文のような言葉が漏れた。

「ドルチェ・ファル・ニエンテ」〔「余暇を愉しむ」の意〕

大部分の人間たちは、この世の中には実に色々と楽しめそうなものがあるのだという事を知らないまま、不器用に生活しているように見える。無論、それはその人の性格の問題ではあるが。でも、シェリー、キーツ、スウィンバーンといった詩人たちの言葉遣いを理解できるほどの数少ない秀《すぐ》れた人たちでさえ、どんなことでも楽しめるかも知れないといった考えを、お目出たいとしりぞける。

例えば『縛を解かれたプロミーシュース』〔シェリーの詩劇〕が醸し出す目も眩《くら》むばかりの高揚感など絵空ごとの感情にしかすぎない、というのがほぼ誰でも同意する見方なのだ。実は、どんなに巧く調合して、ヘロインとかコカインをごく普通の人間に与えても大した効果は得られないのだろうとぼくは思う。ないものねだりは所詮無理なのだ。

百回のうちまず九十九回までは、どんな昂奮剤の場合でも、それを服用すれば教養人としての心の抑制なんてものは一時的に失くなってしまうものだ。

普通の酔っ払いは文明という見せかけだけの虚飾を失ってしまうのだが、もしも、しかるべき人に対して薬を服用させれば、その精神機能を抑え、その人の天才を発揮させるような結果が得られるかもしれない。コウルリッジなどはその好例だろう。コウルリッジは偶々《たまたま》適量のアヘンチンキをやっていたら忽必烈汗《フビライ・ハン》の夢を見、英文学の最高傑作をのこすことになったのだから。

それじゃ、どうしてあの作品は未完なのか。ポーロックから仕事でやって来た男がコウルリッジを訪ね、現実にひきもどしてしまったため、ほんのわずかの行を除いてすっかり詩を忘れてしまったためだ。

似たような例としてハーバート・スペンサーがいる。この詩人は何十年にも亘《わた》って、毎日モルヒネをやっていた。モルヒネがなければスペンサーは痛みに不平ばかりを言ってるうるさい病人にしかすぎなかったことだろう。モルヒネがあったからこそ、十九世紀の思想を凝縮した哲学をもった天才となり得たのだ。

でもルーとぼくは生まれながらロマンスと冒険を求める気持ちをもっていた。初恋の喜びだけで、もう十分に或る程度まで我を忘れることができた。麻薬の効果といえば、そういった忘我の境地を得る可能性を高め、浄化してくれたことだ。

カプリの雰囲気と、ぼくらの楽しみに邪魔が入らないように守ってくれるフェクリーズの才能のお蔭で、島での最初の二週間はこの世のものとは思えない美しく際限なく続く恍惚感に浸ることができた。

フェクリーズは一遍たりともぼくらに退屈させるようなことはなかったが、それでいて、ぼくら二人の間に割り込んで来ることもなかった。一切の責任からぼくらを解放してくれ、アナカプリまでの旅行の手配をしてくれたり、ティベリウスの屋敷や様々な洞窟までの旅行の手筈も整えてくれた。一度か二度、ナポリで夜、大騒ぎしてはどうかと言ってくれたことがあり、ぼくらはナポリならではの悪の根城へ出掛けて行っては堪能した。

ぼくらは別に何にもショックは受けなかったし、驚くということもなかった。人生の一つ一つの出来事が、えも言えぬ或る交響曲でかなでられる一つの調べとなっていた。

フェクリーズはぼくらを実に奇妙な人たちに紹介してくれたり、なんとも不可思議な場所へ連れて行ってくれたりした。でも、あらゆるできごとが自らすすんで、愛の綴れ織りとも言うべきものを作り上げてくれた。

ルーとぼくは莫迦げた冒険に乗り出した。ごく当たり前の目で見れば、がっかりするような出来事でさえ、まさにがっかりしたという事実のお蔭で痛快な冗談となってしまった。

ぼくらを守ってくれている親切な心には有難いと思わずにはいられなかった。色々なところへ出掛けて行ったが、無智な旅行者を恰好の獲物と待ち構えているところばかりだった。フェクリーズの達者なイタリア語のお蔭で、スポーツマンみたいな振りをした詐欺師どもに欺《だま》されることはなかった。ホテルにいる時でさえ、フェクリーズは毎週の勘定をめぐって支配人と争い、無理矢理ずいぶん安い料金で妥協させてしまった。

もちろん、ほとんどいつもフェクリーズは追跡中の男の行方に目を光らせて過ごしていた。そして、ぼくらにはその仕事の進捗具合を話しては楽しませてくれた。

「思いどおりに事が運んだら、私はお二人に何と言って感謝しても感謝しきれないでしょうなあ」とフェクリーズ。

「巧く行ってくれれば、私は仕事の上で大きな転換期を迎えることになりますよ。今まで、二、三巧く行った仕事はあるんですが、それでも本国では随分冷たくあしらわれてしまいましてね。でも今度巧くやると、私がどんな注文をつけても嫌とはまず言えんでしょう」

それから明らかにフェクリーズは「恋人さんたち」——ぼくら二人をそう呼んでいた——に本当に友達らしい関心を抱いてくれていた。自身、失恋の経験があるそうで、そのせいで恋愛を避けて来たのだった。でも、失恋のせいで性格まで歪むことがなかったのは幸いで、ぼくらのように理想的なくらい仕合わせな連中を見るのはほんとうに楽しいということだった。

唯一、フェクリーズが不安で不満を覚えていたことは、ガット・フリットの経営者と接触できないことだった。このガット・フリットというのはきわめて刺戟的かつ危険なナイト・クラブで、ヨーロッパのどこに行ってもこれほどまでに神秘的な楽しみにふけることのできる場所はなかった。

ガット・フリット

第九章

ルーの日記を見て分かったのだが（ぼく自身は時間とか月日といった感覚をまるで失っていた）、第三週目ももう終わる頃に、フェクリーズが目にかすかに勝利の笑みを浮かべてやって来た。

「内情が分かりましたよ。でも、これは正直に教えてあげたほうがいいと思うんですが、ガット・フリットはちょっと厄介なところでして。君が変装して、ポケットに銃を忍ばせるっていうのなら、私は連れて行ってあげても構いませんが、でも奥様まで一緒にお連れするのはどうも良心が許しませんね」

ぼくはしこたまコカインをやっていたので、フェクリーズの言ってることがよく分からなかった。ただそうだね、とうなずいて、雲がお互いに競いつつ太陽をつかまえようとしている様を眺めているのが一番気楽な逃げ道だった。

ぼくは地平線のところにある大きな象の形をした白い雲が勝つだろうと思っていた。その象の敵になるのが黒いコブラ二匹と紫色のカバが一頭。が、ぼくにはどうしようもなかった。あの巨大な牙があるのだから当然巧くやるだろう。それにその足を見れば、老いぼれ太陽の奴なんてこれっぽっちの勝ち目もありゃしない。こんな大勝負が続いているというのに、どうして皆にはじっと観戦するだけの智慧がないのかぼくには理解できない。レフェリーは一体何のためにいるんだ。

ルーときたら、例の甲高い声で、あたしはガット・フリットに行くつもりよ、行けないのなら猫を何匹も飼って、それをフライにしてあなたに食べさせちゃうわ、なんてわめくのだから、全く仕末におえない。

どのくらいの間ルーが騒いでいたのかぼくは知らない。ルーの声を聞くのは申し分のないほど素晴らしいことだった。あのフェクリーズの奴を追い出すことができれば、たちまち愉しいひとときを二人で過ごせることは分かっていた。

まったく忌々《いまいま》しい、新婚旅行に第三者なんてごめんだ！

フェクリーズは、ぼくに断固たる態度をとってくれと言い、ちょっと情けない顔をして振り向いた。

で、ぼくはこう言った。「フェクリーズ、君はいい奴だよ。学校時代は君をいつも嫌っていたけど、もう三十年も四十年もぼくを色々と助けてくれたし、カプリに来てからもあれこれ尽力してくれて恩にきるよ。それに首相のロイド・ジョージだって、君が今追いかけている悪党をきっとひっ捕えるものと信じてるさ。ひとつ、ぼくらをガット・フリットに連れて行って楽しませてくれないかな」

ルーは大喜びで、手をたたきながら声をあげた。フェクリーズはこう応《こた》えた。

「ああ、分かりましたよ。でもこれはとても重大な事件ですからね。君たちは正気でやろうとしているわけじゃありませんな。ともかく、静かに落ち着いてやらなくては駄目です。「攻撃」といったら、とりかかるのですよ」

ぼくらはフェクリーズを喜ばそうと、落ち着いているようなふりをしたが、ぼくとしてはどうやら賭けに負けそうだというのに目をおおっていることはできなかった。というのは、例の白い象がごく当たり前のコブ牛かインド牛、あるいはせいぜいフタコブ駱駝《らくだ》といった、到底慎重な賭け主のお金など運べそうにない動物に姿を変えてしまったからだ。

そのお蔭でぼくは動揺してしまい、事務総長代理たるわが尊敬すべきフェクリーズがあらかじめ言ってくれた提案が何だったたか、とても理解できるような心境じゃなくなってしまった。でも、まあ大体こんな内容だった。つまり、用心のため、ちょっとした小銭をのこしてお金と宝石類は全部しまっておくこと。それからやがてフェクリーズがぼくとルーのために変装用のナポリの漁民の服をもって来てくれるということ。各自、拳銃を一丁と小銭以外は何も持たないで、暗くなってから誰にも見られないようホテルのテラスからそっと外に出ること。モーターボートでソレント〔イタリア南部、ナポリ湾南岸の保養地〕まで行けるようになっている。それから午前一時ころにはナポリに入れるように車の手配もする。次に、ファウノ・エブリオという酒場に行き、絶好の時を見計らってフェクリーズがガット・フリットへぼくらを連れて行ってくれるということで、そこでぼくらは初めて人生というものの正体を知ることになるわけだ。

こいつはなかなかどうして申し分のないちゃんとした立派な計画だ。英国人たるもの、自分の仕事の邪魔にならない範囲で出来る限り外国の問題も勉強しておくのが務めだ。そうすれば万一また欧州大戦が起こっても、いつでも困ることはない。そういう知識があったからこそ、フェクリーズはこうして密使となれたわけだし、また、わが祖国の繁栄を見守っている謎の諜報機関の腹心の友となれたわけだ。

有難いことに、今晩のお楽しみはこれまで。

フェクリーズの奴にそう言ってやろうか。あの男は自分が嫌われている時にはいつでも本能的にそれを察してしまう。だから、計画を話し終わるやすぐさま、あわててこれで失礼すると言って帰って行ったのだ。獲物さんが泊っている宿へ行って、夕食をとることになってる部屋に速記用口述録音機《ディクタフォン》を据えつけなくちゃならないということだったが。

そういうわけで、翌日の午後フェクリーズが変装用の服をもってくるまでは、ぼくはルーと二人きりで過ごせた。ぼくは一分たりとも無駄にすまいとした。

例の白い雲に裏切られたお蔭ですっかりぼくが気分を害していたことは確かだ。もし結婚さえしていなかったなら、自分であの太陽の奴を追いかけて行っただろうと思う。

しかし、ルーとぼくが二人きりでカプリにいて、それも永遠に二人きりでいられるというのだから、これは夢みたいに有難いことだ。陽の光も月明かりも星の光も、みんなルーの瞳に映って素敵だった。ルーがいかにも挑発するような態度でコカインをわたしてくれた。ぼくは正気でなくなるということの意味が分かった。まだ気が狂っていないのに愚かな連中が、どうして狂気に陥ることを恐がるのかその訳もよく理解できた。自分ではよく分からなかったが、以前ぼくは狂気に陥っていたことがあったのだ。

実に下らないこの人間という生き物は、自分の規準で世界を計っている。だから人間は広大無辺の宇宙の中に呑みこまれてしまって、結局は自分の尺度でおさまりきれないものを恐がるようになってしまうのだ。

ルーとぼくは人間どもの惨めな尺度なぞはお払い箱にしてしまっていた。そんなものは洋服の仕立て屋とか科学者が使えばいいのだ。ぼくらは一足飛びに大宇宙と融合していた。ぼくら二人と連中とは、言ってみれば円周と直径みたいに割り切れない関係にあったのだ。あるいは、普通の人間の目から見ればぼくらは$\sqrt{-1}$みたいな現実にはありえない想像上の存在でしかなかったのだ。

ぼくらを人間の規準で判断してもらっては困る。羽根の生えていない二本足の動物というふうにぼくらを見るのはともかくおかど違いというものだ。連中の目には人間みたいに見えたかもしれない。確かに、まるでぼくらが人間であるかのように連中は勘定書やら何やらを送り付けて来た。

　しかし、あの下等動物どもが勝手に勘違いしているのだから、ぼくはその責任などとるつもりは断固ない。ある程度はその勘違いに調子を合わせてお付き合いしてやってもいいが、だからといって、連中の誤解がごもっともだとぼくが認めていることには全くならない。

　ぼくがまだピーター・ペンドラゴンという名の存在だった百万年かそこら前は、ぼくも愚昧な感覚の世界に棲んでいた。

　でもどうして過去の苦痛なんかを思い出さなくちゃいけないんだ。無論、誰だってあっという間に自分の力を目一杯発揮できるようにはならないものだ。鷲の場合を考えてみればいい。卵の中にいる間はどうだ。色々な可能性を秘めた一個の卵にしかすぎない。それからまた、卵からかえった第一日目からいきなり海王星まで飛んで行ってまた帰ってくるなんてことは考えられないだろう。そんなことはあり得ない。

　でも毎日毎日、少しずつ力をつけてくるのだ。もしぼくが自分はかつて二叉大根という卑しい存在だったということを思い出しそうになったなら、ルーに口づけしてもらうか、さもなくばコカインを一嗅ぎすればもうそれだけで天国に戻ることができる。

あれからあとの二日間のことはここに書くわけにはいかない。あらゆる世界記録が再三更新されたとだけ言っておこう。で、ぼくらはフェクリーズが衣装と銃をもって現われた時は二匹の飢えた狼さながらにただあえいでいた。

フェクリーズはもう一度例の手順を確認して、さらに打ち解けた口調で一言助言をつけ加えた。

「こんなことを言っても気を悪くしないで下さいよ。お二人とも自分のこともちゃんと面倒見られないんじゃないか、なんてことを私は申し上げるつもりは毛頭ありません。でもこういう経験は今までなかったでしょうから、ともかくこの南イタリアの連中はすぐカッとなりやすい激しい気性だということだけは絶対に忘れないでいて下さい。漁師がひどく恐がっている突風みたいなところがあるのです。特別他意があるわけじゃないんですが、目もあてられないようなひどい騒ぎになることもよくあるので、どんな騒ぎにも巻き込まれないように気をつけていなくてはいけません。ファウノ・エブリオには酔っ払いのごろつきどもが大勢いるかも知れません。戸口の付近に坐って下さい。もし誰かが喧嘩を始めたら、そっとその場を離れて、おさまるまでぶらぶらして下さい。喧嘩に巻き込まれたくないでしょう」

ぼくは成程これは賢明なアドヴァイスだとは思ったが、その反面、ぼく個人としては喧嘩したくてうずうずしていた。その時は気づかなかったが、この新婚旅行で玉に瑕《きず》となっていたことがある。それは、戦争ですっかり慣れっこになっていた、毎日死と賭けをするという昂奮を味わえずにいたことだ。

まだ野蛮な情熱がかすかに残っていて、船頭が二人で口論していたり、あるいは旅行者がちょっとしたことで文句を言ったりしているのを見ると、ぼくは頭に血がのぼった。二、三百人殺害できる合法的な大義名分があればいいのにと思った。

でも自然とは賢明でやさしいものだ。ぼくはルーのお蔭でいつでも賢くもやさしくもなれた。殺人と愛情を求める感情はぼくらの先祖の心の中ではしっかりと結びついていた。文明の功績はそういう感情を理想化するように人間に教えてくれることにあるのだ。

さて計画はとどこおりなく進んで行った。ぼくらの部屋は深い闇に包まれたテラスに面していた。毎年この時期はホテルには殆《ほとん》ど人がいなかった。テラスの横をちょっと歩いて行くとつる草がアーチ状に頭上に渡されており、そこをくぐるとやっとラバが通れるくらいの小路に出た。これでもカプリでは道路ということだ。

誰もぼくらには気づかなかった。散歩している恋人たちとか、歩きながらギターに合わせて唄っている農民の一行、酒場から家に帰る途中の疲れた陽気な漁師が二、三人いただけだった。岸壁に行くとモーターボートがあったのですっかり嬉しくなって乗り込んで横になった。それから一分と経たないような気がしたけれども気がつくともうソレントに来ていて、大きな乗用車《ロードスター》の中にいた。一言も口をきかずにぼくらは猛スピードで出発した。そのドライヴの素晴らしいことは周知のとおりだ。しかも、

——かの静かなる大海原に
　初めて入りしは我等なりけり〔S・T・コウルリッジ『老水夫行』第二曲〕

世界はぼくたち二人のために新たに造られたのだ。陶然とするような音と光景と香りがめまぐるしく移り変わる幻想的な世界が現われた。その世界はぼくらの愛情にとっては単なる飾りにすぎないように見えた。ぼくらの激しい情熱という宝石を据える台座にすぎないように思えた。

ナポリまであと二、三マイルというところで、道路はすっかり商業化された退屈な郊外を突っ切っているが、そこで新たな光景が開けた。家並が、不ぞろいながらも地平線のようになっていて、何だかドビュッシーの楽譜のジグザグに並んだ音符みたいだった。

が、こんなものは、まあそれなりに美しいけれども、ちょっと浅薄なものだ。ぼくらの心の底では融けた金属が地獄のように白く熱い湖となって沸き返り波立っていた。

ガット・フリットでどんなに恐ろしく不快な事がぼくらを待ち伏せているのかは知る由もなかった。

薬の作用でごく最近の記憶が部分的に欠落してしまうことは既に書いたとおりだ。それと平行して、道徳的なレベルでさらにずっと大きな影響が現われていた。何万年にも亘《わた》る進化の成果が一箇月ですっかりご破算になってしまったのだ。ある程度はそれでもまだ体面を気にする気持ちは残っていたが、猿とかわらない悪智慧からそうしてるだけだということは自分で分かっていた。

ぼくらはゴリラに戻ってしまったのだ。どんな暴力的行為も、欲情にかられた行動も、すべてエネルギーを放出するための必要な捌《は》け口のように思えた。

ぼくらはお互いにそのことについては一切黙して語らなかった。実に、言葉ではいい表わし難いくらいこれは深く謎めいたことだったのだ。

人間は、この言葉という点でまず下等動物とは違っている。言葉を使うせいで人間は自分の思想を比較判断せざるを得なくなっている。だからこそ、偉大な哲学者や神秘主義者は言葉では表現し得ない思想を扱いながらもたえず否定的な形容詞を用いたり、あるいは矛盾に満ちた事柄を述べながら自分の思想を開陳して知性に反抗しなくてはいけないのだ。そう考えるとアタナシウス信経がよく理解できる。あの信経は凡人には分かるまいが。

人間は神を理解するためには自らが神のようにならなくてはいけない。それと同じように悪を理解するには悪党にならなくてはいけない。地獄の激情は獣のような叫び声となってあらわれる。

車はファウノ・エブリオの或る汚い小路の突き当たりで停まった。運転手は、その建物から漏れ出ているジグザグの光の筋を指差した。その光は反対側の壁に無気味に反射していた。

戸口のところには派手なショールと大きな金のイヤリングをつけた黒髪の図々しそうな女が

一人、短かいスカートをはいて立っていた。長旅やら薬やら何やかにやでぼくらは少し酔っていたが、実際よりももっと酔ってるふりをするのが得策だということくらいはよく分かった。ルーもぼくもよろよろと戸口へ歩み寄りながら頭を左右に振り回した。小さなテーブルにつくと飲み物を注文した。洗髪液みたいな味のする質の悪いイタリアの紛い物のリキュールが出て来た。

ところがそいつを飲むとむかつくどころか意気揚々となってしまった。これもゲームのうちとばかりにその酒を楽しんだ。下層階級のナポリ人の出で立ちをしていたので、ぼくらは陽気にその役になりきった。

六五年産のクールボアジェでも飲むみたいにぼくらはそのひどい安酒をあおった。その効き目はびっくりするくらいすぐにあらわれた。言ってみれば女性の顔にかけられた硫酸さながらに、ジャングルの中を食い尽くしながら進んで行く軍隊アリの大軍を解き放ったような感じだった。

巣窟の中には時計はなかったし、二人とも自分の時計は家に置いて来ていた。ぼくらは少し苛立ってきた。どのくらい時間がかかりそうかフェクリーズが教えてくれたかどうか思い出せなかった。部屋の空気に息がつまりそうだった。ナポリの最低の浮浪者どもが集まっていた。猿みたいにぺちゃくちゃ喋ってる奴もいれば、酔って一人で唄ってる奴もいるし、恥ずかしいとも思わず抱き合ってる連中もいれば、すっかりわけが分からない状態になってる者もいた。その最後の部類の連中の中に一人、ぼくらの心を惹きつけた頑丈そうな奴がいた。英語を喋っても大丈夫だと思った。覚えている限りでは、ぼくらは大声で話をした。ルーは、この男だけは確かに英国人だと思ったのだ。

男はどうやら眠っているようだったが、すぐさまテーブルから顔を上げると、大きな腕を伸ばしてイタリア語で酒をたのんだ。

一気に飲みほすと、突然ぼくらのテーブルにやって来て、英語で話しかけてきた。その訛《なま》りからすぐに、男がもともとは紳士階級の出だということが分かったが、その顔と口調は男の辛い人生を物語っていた。落ち目になってからもう久しいに違いない。どん底まで落ちぶれてしまったのももう随分前のことで、そのほうが暮らしやすいと思ってるのだろう。

乱暴だったがひどく好意的で、そんな変装をしてると危険だ、簡単に見やぶられるし、そんな恰好をしたということだけでたちまちナポリ人の疑心を刺戟することになる、と忠告してくれた。

男は酒を注文して、少しばかり無愛想な中にも本来の自分の家柄に誇りを示して国王と祖国のために乾杯した。

「恐がらなくていいよ」と男はルーに言った。「危ない目に遭わせやしないよ。君みたいなかわいこちゃんを恐がらせるなんて！」

この言葉にぼくは気も狂わんばかりに腹が立った。この野郎、くたばりやがれ！

男はすぐにぼくの様子に気がついて、無気味にくすくす笑いながら横目で見た。

「わかったよ、旦那。悪気はないんだ」と言うと、男はルーの首に腕をまわして、キスするような素振りを見せた。

ぼくはぱっと立ち上がるや、右手で男の顎をめがけてなぐりかかった。男をベンチから叩き落とすと、男は大の字に伸びてしまった。

やがて大騒ぎになった。昔の戦闘本能が顔を出したわけだが、フェクリーズから騒ぎにだけは巻きこまれるなと言われていたのに自分で騒動を起こしてしまったのだ。

男女を問わず誰も彼もが立ち上がった。牛の群れのように群衆がぼくらめがけて押し寄せて来た。ぼくはさっと拳銃を取り出した。すると岩盤にぶつかった砕炭機さながらに、連中は後ずさりして行った。

「ぼくの後ろを見張って！」とルーに向かって叫んだ。

そんなことは言う必要もなかった。なにしろ危機に際して、真の英国人女性たる魂がルーの中で燃え上がっていたのだ。

ぼくは目と銃とで連中を釘づけにして、戸口の方へと近づいて行った。男が一人グラスを投げつけようとして取り上げたけれども、カウンターの後ろから主人がさっと出て来て男の腕を叩きおろした。

グラスは床で粉々に砕けた。ぼくらへの攻撃はののしりとわめき声を一斉に浴びせる程度になってしまった。ぼくらは清々しい空気の中にいた。と同時に道の両側から駆けつけて来た六人ほどの警官に摑まれてもいた。

警官が二人酒場に大股で入って行くと、嘘のように騒ぎがおさまった。

とその時になって、ぼくらは逮捕されたことに気づいた。次から次へと激しい口調のイタリア語で尋問された。ルーもぼくも何を言われているのかまるで分からなかった。

巡査部長が巣窟から出て来た。どうやら知性豊かな人物のようだった。すぐにぼくらが英国人だということを悟った。

「英国人《イングレーゼ》か？」と訊かれた。「イングレーゼ？」と言われてぼくは鸚鵡《おうむ》返《がえ》しに仕方なく「イングレーゼ。シニョール・イングレーゼ」と、まるでそう言えば事件が全ておさまるかのように言った。

ヨーロッパ大陸にいる英国人は、英国人ならどんなことをしても許されるという幻想をもっている。たしかに、そういう面も大いにあることはある。なにしろヨーロッパの人たちは、英国人は皆、害のない狂人だという固定概念をもっているのだから。そのお蔭で英国人はどんなおかしな行動をしても許してもらえたのだが、良識ある人がそんな行動をとれば一瞬たりとも見逃してはもらえなかっただろう。

この時の場合について言うと、ああいう服装をしていれば、大した面倒なことにもならず、まあせいぜい巡査部長の部下たちの自尊心を満足させるごくおざなりの尋問をされる程度で、叮嚀《ていねい》にホテルまで送りとどけてもらえるか車に乗せられるものとぼくは殆ど信じて疑わなかった。

でも実際には思わぬ雲行きになって、巡査部長は疑わしそうに首を振った。

「アルメ・ヴィエターテ〔「禁止されている武器」の意〕」とぼくらがまだ手に持っていた拳銃を指差しながら真剣な表情で言った。

ぼくは片言のイタリア語で事情を説明しようとしてみた。ルーは実に賢くもと言うべきか、この騒ぎを途方もない冗談ということにして、ヒステリー気味に甲高い声で笑い始めた。

でもぼくの方はすっかり頭に血がのぼっていた。あの忌々《いまいま》しいイタリア人どもから下らないことをされようものなら、断じてそれを我慢するつもりなどなかった。ローマ人の血はわれらの祖先が最高の誇りとするところではあったけれども、ぼくらはイタリア人というとどういうわけか本能的に黒人と同じと思ってしまうのが常だ。

アメリカではイタリア人を「デイゴー」とか「ウォップ」と呼んでるが、ぼくらはとてもそうは呼べない。ただし、アメリカでも必ずイタ公のことを言う時には「汚い」という枕言葉をつけはするので、その点ではぼくら気持ちは一緒だ。

ぼくは巡査部長に対して高飛車な態度をとり始めた。もちろんそんなことをすればぼくらが不利になるにきまっていた。

気がついたらぼくらは縛られていた。本署に来てもらおうとそっけなく部長に言われた。

ぼくはやりきれない二つの衝動にかられた。一つはあいつらを撃ち殺して逃げ出したいという気持ちと、もう一つは迷い子のように、フェクリーズが現われて騒ぎの中から救い出してくれないか、と切に願う気持ちだった。

残念ながらどちらも叶わぬ夢で、ぼくは疾《と》うに武器を没収されていたし、またフェクリーズの影も形も現われる気配はなかった。

ルーとぼくは警察署へと連行されて、別々の部屋に放りこまれてしまった。

激しい怒りに駆られて一晩中一睡もできなかったが、その時のことは書きたくもない。同情しているようなそぶりを見せる奴もいたが、それを見るにつけてもぼくは不機嫌になり腹が立った。連中は、別にぼくに非があるわけでもないのに面倒に巻き込まれてしまったということを本能的に察して、このよそ者に自分なりの不器用なやり方で親切な気持ちを示したいと思っていたのだ。

何といっても一番困ったのは、連中に身体検査をされて、非常用にもっていた金の栓をした小罎を取られてしまったことだ。ぼくはいつものように全て笑い飛ばせるような気分になってもよかったのだが、不自由な思いをさせられているために心がひどく沈んでいることに初めて気づいた。

それまでのところは、ただ恐ろしい目に遭うかも知れないという予感しかなかった。十分に薬を吸っておいたので、多少の事なら乗り越えられそうだったが、しかし、こんな具合になってしまうと、もうどうしようもなかった。

ぼくは、すっかり困り果ててしまった。囚人たちが色々な事を言ってくれたのに、それを撥ねつけてしまったことを後悔し始めた。ぼくは囚人たちに近づいて行って、自分が「金持ち《モルト・ダナロ》」の「英国人《シニョール・イングレーズ》」だということを説明した。

そしてもし誰かぼくにコカインを一嗅ぎさせてくれたら恩にきるんだが、という旨を身振りで伝えた。

すぐにこちらの意志は通じた。すっかり理解してくれて、同情の色を浮かべて笑った。ところが、偶々《たまたま》その時は、誰もうまく外から持ち込むことができなかったのだ。朝まで待つしか仕方がなかった。ぼくはベンチに横になった。自分がひどく苛立っていることが分かった。

何時間もの時が、さながらマクベスの目の前を通るバンクォーの遺族の行列のように過ぎて行った。心の中でこんな声が始終聞こえた。

「マクベスが眠りを殺した、マクベスはもう眠れないぞ」〔シェイクスピア『マクベス』第二幕第二場〕

ぼくは何か目には見えない敵に追い詰められたようなひどく不安な気分に捉えられた。フェクリーズに対して全く不当なまでの苛立ちを覚えた。まるでこんな騒動に巻き込まれたのはぼくの責任ではなく、フェクリーズが悪いかのように。

奇妙なことに、ぼくはまるでルーのことなど顧みていないように思われるかもしれない。ルーが苦しんでいようがいまいがぼくにはどうでもよかった。ぼくは自分を捉えている生理的な感覚のことですっかり頭が一杯だったのだ。

署長が到着するやすぐにぼくは署長のところへ連れて行かれた。警察では重大な事件だと見ているらしかった。

ルーはぼくより先に来ていた。署長は英語を全く話さなかったけれども、通訳の都合はすぐにはつかなかった。ルーはひどく惨めな様子だった。

化粧室があるわけじゃないので、白昼あんな変装をしていると莫迦みたいに滑稽だった。髪はくしゃくしゃで汚れていた。顔はやつれて、病的に赤味を帯びた斑点があちこちについていた。目はどんよりとかすんで血走っていて、目の周りには濃い紫色の隈ができていた。ぼくはルーがそんな不快な姿でいるので無性に腹が立った。とその時、初めてひょっとするとぼくもダービーの日のプリンス・オヴ・ウェールズみたいには颯爽とはしていないのかも知れないという気になった。

署長は背の低い首の短かい男で、明らかに軍隊上がりだった。だからこの男は必要以上に自分のことを偉いと思いこんでいたのだ。

署長はぶっきらぼうな口のきき方で、まるで自分の言葉を理解できないお前らがけしからんと怒っているような様子だった。

ぼくのほうは、もうすっかり戦闘意欲は失ってしまっていた。できることと言えば、校長先生に呼び出された学生みたいに素直な口調で自分の名前を言い、さらに「英国領事」に訴えることくらいだった。

署長の書記官はぼくらが誰なのかを聞いて昂奮した様子で、早口で署長に話をした。ぼくらは名前を書くようにと言われた。

　ぼくはこれで巧くのがれられそうだと思った。「サー」の称号は効き目があるだろうし、「義勇軍大英帝国勲功士《ナイト》」とくれば大抵は相手も圧倒されるものと思って間違いない。

　ぼくはちっとも俗物なんかではないが、この時ばかりは多少自分が有力者であることを有難いと思った。

　書記官は名前を記した紙をもって部屋を飛び出して行った。すぐに戻ってくると、満面に笑みをたたえて、署長に朝刊を見て下さいといいながら、昂奮を抑えつつ指で記事を追った。

　ぼくは元気をとり戻した。明らかに何か社会面の記事でぼくらのことが分かったのだ。

　署長は俄《にわか》に態度を変えた。前とは違うその口調は必ずしも同情的・好意的とは言えなかったが、それはこの人が下層階級の出だからだということはぼくにも分かった。

　署長は「領事」について何か言ってから、ぼくらを外側の部屋へと案内して行った。書記官がぼくらにここで待っていて下さいと言った。間違いなく領事の到着を待つようにということだ。

　それから三十分もしないというのに、その時間は永遠のように永く感じられた。ルーもぼくもお互いに何も言うことはなかった。ただ、この惨めな連中のところから出て、カリギュラへ戻りたいという気持ちは無闇に強かった。それから、風呂に入ってから食事もしたかったし、特にヘロインをたっぷりと、コカインを少しばかりやって神経を休めたいと思うこと切だった。

第十章

フランネルのズボンをはき、パナマ帽をかぶった長身で金髪の英国人がぶらぶらと部屋に入って来た時、ぼくらはこれで面倒ともおさらばだと感じた。

ぼくらは反射的に立ち上がったが、英国紳士のほうはまるで気にせずに、ちらりと目のはしでぼくらを見て、唇を微笑んでいるとも疑っているともつかぬ妙な恰好にゆがませた。

書記官はすぐさま紳士にお辞儀をしながら、内側の部屋へと案内して行った。ぼくらは随分待った。一体三人でそんなに長い間何を話しているのかぼくには皆目見当もつかなかった。

が、やっと戸口にいた兵隊がぼくらに、中に入るようにと合図した。副領事が向こう側の長椅子に腰掛けていた。首をかしげたまま、もの憂げな目で鋭くじっと見、絶えず親指の爪を噛んでいた。まるで相当精神が混乱しているような様子だった。

ぼくはすっかり面目ない気持ちに襲われた。熱に浮かされたようにどっと一時的ながらそんな気持ちになってしまったのだ。お蔭で前にもましてくたびれてしまった。

署長が椅子に坐ったままぐるりと回ってぼくらの救世主の方を向いて、明らかに「それじゃ尋問の矢を浴びせて下さい」というようなことを言った。

「私はここの副領事をしている者ですが、あなたがたはサー・ピーターとレディ・ペンドラゴンだと名乗っていらっしゃると伺いました」

「そのとおりです」とぼくは応《こた》えて、ちょっと気取ってみせた。

「失礼ですが、ごく普通のイタリアの警官の目には、お二人ともそうは見えないようです。パスポートはお持ちですか」

英国紳士がそばにいるというだけでぼくは冷静さを取り戻すことができた。

さらに自信たっぷりに、ぼくはこう言った。「普通の旅行者が全然知らないナポリのショーを見に連れて行ってくれると私どものガイドが申しまして、それで、面倒なことにならないようこんな変装をした方がよいと教えられまして。で、こんな騒ぎになってしまったというわけです」

副領事はぼくの思ったとおり、やさしく微笑んだ。

「あなたがたのようなお若い方たちが色々な面倒に巻きこまれてしまうというケースはこれまでも何度かございました。なにしろ他人は必ずしも自分の目論見を分かってくれるとは限りませんからね。それから、伺ったところによりますと、確かお二人は新婚旅行中とのことでしたが」

ぼくはちょっとどぎまぎしながら微笑んで、そうですと応えた。新婚旅行中の夫婦というものは、あまり恵まれない環境にいる人たちからはちょっとしたひやかしの的になるものと昔から相場が決まっていることをぼくは不図《ふと》思い出してそれを口に出して言った。

「まったくそのとおりですな」と副領事が応えた。「私は独身ですが、でも新婚さんというのは楽しいものです。ところでノルウェーは如何《いかが》ですか」

「ノルウェーですか」とぼくは面くらって言った。

「ええ。ノルウェーはいかがなものですかね。天候とか鮭とか国民とかフィヨルドとか氷河とかですね」

どこかで大変な誤解をされたものだ。

「ノルウェーですか」とぼくの声は段々と上ずった。もうちょっとでヒステリーをおこすところだった。

「まだ一度も行ったことはありませんね。でも、ナポリのようなところだとすれば、私は行きたいとは思いませんね！」

「これは、あなたが思っていらっしゃるよりも随分と大変な問題なのですよ。ノルウェーにいらしたのではないということになると、どこにおられるのですか」

「ええ、私はここにおりますよ、そうでしょう」とぼくはまたちょっとカッとなって言い返した。

「いつからおられるのですか」

あいつがぼくをここへ連れて来させたくせに。でも英国を出てからどのくらいになるのかぼくには分からなかった。何日に、いや何月に出発したのかさえ分からなかった。

ルーが助け舟を出してくれた。

「パリを発ってから明日で三週間になります」とルーがしっかりした口調で言った。ただし、内心は苛立ち心配だったので、声は弱々しく力がなかった。スモーキング・ドッグの店であの華麗な歌を唄っていた時の、ぼくの心を満たしてくれた豊かな声はほとんど影をひそめていた。

「ここでは二、三日過ごしました。ムゼオ＝パラセ・ホテルです。その後はカプリのカリギュラに泊まっています。洋服もパスポートもお金も何もかもそこに置いてありますわ」

危機に臨んで対処するルーの才能にぼくは思わず嬉しくなってしまった。ルーの良識といい、細かい事までよく覚えている記憶力といい、仕事をする上では断然大切なものだ。ただし、男というやつはそんなものを必要悪として軽蔑してしまうのだが。

公的なもめごとの場合は、そういう才能こそ大事なものだ。

「イタリア語は全然ご存じないのですね」と副領事。

「ほんのかたことだけです」とルーが応えた。「ただし、もちろん、サー・ピーターはフランス語とラテン語の知識がございますので、新聞くらいは読むことができますが」

「そうですか、それは偶然ですが、その新聞というのが今問題になっておるところなのですよ」と副領事が言った。

「重要な単語は分かります」とぼく。「ただ前置詞などの類がよく分からないのですが」

「それならひょっとすると話は早くおさまるかもしれませんね」と領事。「今朝の朝刊のここの部分をおおまかに訳して下されればよろしいのです」

副領事は手を伸ばして署長から新聞を受け取り、すらすらと読み始めた。

「ロマンスと冒険となると英国はいつでも他の追随を許さない。ひとも知る名撃墜手、義勇軍兵士で大英国勲功士サー・ピーター・ペンドラゴンは、社交界きっての美女ルイーズ・レイラム嬢と電撃結婚をし、先頃ロンドン市民を驚嘆させたが、いかにもサーの大胆かつ冒険心旺盛な性格を反映して、型破りな新婚旅行を愉しんでおられる。ノルウェー最大の氷河ヨステダール氷河をガイドなしで新婦を連れて登攀《とうはん》中とのことである」

署長が鋭い目でぼくの心に穴を開けようとしているのが分かった。ぼくはと言えば、この見当はずれで出鱈目の記事にただただ呆れていた。

「しかし、そんな莫迦な」とぼくは大声をあげた。「インチキもいいところだ」

「失礼ですがね」と副領事がややつっけんどんに言った。「私はまだ最後まで読んでおりません」

「それは失敬」とぼくはぶっきらぼうに返事をした。

「以上の経緯および」と副領事が先を続けた。「サー・ピーター並びにレディ・ペンドラゴンにやや顔が似ていることを利用して、二人の名うての国際的詐欺師が身分を偽ってナポリ界隈を徘徊しており、既に数人の商人が被害に遭っている」

領事は新聞を下に置き、両手を後ろに組んでじっとぼくの目を見つめた。

ぼくはとても顔を向けられなかった。これほど莫迦げた、恐ろしい言いがかりをつけられるとは思いもよらなかった。ぼくは自分の顔の皺の一本一本に罪の証拠があらわれているような気分になった。

ぼくは吃りつつも何か力弱く、しかし憤然と文句を言った。ルーの方がぼくよりも冷静だった。

「でも、これはおかしいですわ」とルー。「私たちのガイドを連れて来て下さいませんかしら。その方は学生時代からサー・ピーターとは知り合いなのですから。まったくこれはとんでもないひどいことですわ。どうしてこんなことが許されるのかしら」

副領事はどうしてよいのか迷っている様子だった。苛々と時計の鎖をいじっていた。

ぼくは椅子に深々と腰掛けていた――ぼくらが部屋に入ってきても、椅子に掛けるよう勧められはしなかったが――目の前で起こっている場面がすっかりぼくの顔の中から消えていた。

ただ無闇に薬《ヤク》が欲しいという気持ちしかなかった。それまでは、身体がこれほど何かを欲しいと要求したことなど一度もなかった。身体だけでなく、精神も要求していた。薬があれば、いや薬だけが、ぼくの心を混乱から救ってくれ、このいざこざから抜け出す出口を教えてくれるのだ。何よりも心から薬が欲しいと思った。こんなに突然質問攻めの集中砲火を浴びてはぼくの魂はとても耐えられない。

でもルーは勇しく応戦した。気力をふりしぼっていたが、でもぼくにはルーが様々な情況から来るストレスのせいで気を失いかけているのが分かった。

「ガイドのエクトル・ラロシュさんを呼んで来て下さいな」と執拗に言った。副領事は肩をすぼめて「でもどこにいらっしゃるのですか」

「あの方、きっと私たちを捜して町中歩き回っている筈《はず》ですわ。ファウノ・エブリオに行って私たちがいないので、騒ぎのことを聞いて心配しているに違いありませんわ」

「実は、どうしてその方が今、ここにいないのか私には分からんのですよ」と副領事が言った。

「お二人が逮捕された話はもう知ってる筈ですからね」

「ひょっとすると、あの方の身に何かが起こったのかも知れませんわ」とルーが応じた。

「でもそうだとしたち、本当におかしな偶然の一致ですわね」

「まあ、こんなことはよくありますよ」と副領事が相槌を打った。

どうやら副領事はぼくに話しかけて来た時よりも、ルーに対しては打ち解けた気持ちになったらしく、機嫌もよくなった。ルーのひとを惹きつける美しさといかにも貴族然とした物腰が効を奏したのだ。

そういうぼく自身、新たにルーを崇め奉るような気持ちになっていた。あれほど冷静沈着にルーが臨機応変に対処できるとは思いもよらぬことだった。

「お掛けになりませんか」と副領事がすすめた。「ずいぶんお疲れでしょう」

副領事はルーの方へ椅子を出して、また長椅子に戻って坐った。

「ちょっと困りましたね」と領事が話をつづけた。「実は、私も新聞で読んだ記事を全部真に受けてるわけではないのですよ。あなたがたはどうやらお分かりになってらっしゃらないご様子ですが、実に奇妙な点が幾つかございましてね。ただ、お二人がそのことに気づいてらっしゃらないということが、非常に私どもに良い印象を与えることになっているのは申し上げておいてもよろしかろうと思います」

ここで副領事は言葉を切って、唇を噛みしめ首を伸ばした。

「実に厄介です」とまた続けた。「一見したところ、この事件はどう考えてもクロなんです。なにしろナポリでも指折りの最悪の場所に変装していらしたわけですし、しかも、手にはドイツ人の言う「厳禁された《シュトレングスト・フェルボーテン》」ものをもって武装していたのですからね。それから、お二人はご自分の身分を弁明されたわけですが、そのお蔭でかえって——不躾《ぶしつけ》な申し上げかたですがお許し下さい——お二人とも大変な莫迦で、まるで何もお分かりになっていないという証明になってしまったのです。お二人とも間違いなく英国人でいらっしゃいますし——」副領事は優しく微笑んだ。「お二人のために何でも私にできることはして差し上げなくてはいけないと思っております。ちょっと失礼して、ここにいる私の友人と話をすることにしますから」

ルーは勝ち誇ったような笑みを浮かべて、ぼくの方を見た。いつも見なれている例の誇らしげな微笑だったが、ただし、何とも言えぬ苦しみにゆがんでいた。

さて、署長は副領事に向かって身ぶり手ぶりをまじえて大声で何か言っていた。副領事の方もそれに劣らぬくらいよく喋って応えてはいたが、どうにもならないぐらい倦怠感を覚えているようだった。

と、急に二人の話が終わった。二人とも立ち上がった。

「英国人の旅行者は図々しくて無作法だという、この友人の経験を尊重したうえで、決めたことです。彼の部下二人を保護者につけて、お二人に領事館へ来て頂くことになります」と皮肉たっぷりに領事が言った。「これ以上お二人がお困りにならないようにとの配慮からです。拳銃以外は全部お二人の所持品は返してもらえます。拳銃は禁じられてますので」

副領事には分かるまいが、最後の一言を聞いてぼくらは踊らんばかりに嬉しくなった。

「カプリまで私のところの職員を一人ご一緒させますから」と副領事が言った。「パスポートなりお金なり必要なものを一切お持ちになって、すぐに私のところへお帰り下さい。そしてもっとちゃんとした形で身の明かしを立てて下さい」

ぼくらは所持品を巡査部長から返してもらって、それじゃしばらく失礼しますと、暇乞《いとま》いをした。

やれやれ、やっと解放してもらえた。

五分もするとぼくらはまたすっかり本来の自分を取り戻した。何もかも一切が途方もない冗談だとぼくらは思っていた。同行した事務員にぼくらが上機嫌になった旨を話したら、事務員氏は苦境から脱出できる見通しがあるので上機嫌なのだろうくらいに思ったようだ。

ルーは途中、ロンドンでの暮らしを話題によく喋り、ぼくは――麻薬の件は抜きにして――どんなふうに駆け落ちしたかを話した。事務員氏はすっかりなごんだ様子だった。ぼくらの打ち解けた態度に安心してしまったのだ。

ぼくらはなごやかに笑いながら握手をし、極めててきぱきとしたイタリア人ガイドの先導で出発することになった。

このガイドの英語ときたら、それは達者なものだった。

カプリまで行くボートに乗り込んだが、時間が相当あったので、領事館の事務員氏に面白い話をあれこれして愉しませてやった。事務員氏のほうはすっかり友達みたいに扱われるので随分喜んでいた。

広小路《ピアッツァ》までケーブルカーで行ったが、その時の気分と言ったらまるで宙を舞っているようだった。皆、大騒ぎだったが、五分もするとおしまいになった。昂奮はしたが、それでもぼくはもうあんな莫迦な真似はすまいと誓った。

無論、フェクリーズがどうしているのかは明白だった。ぼくらが逮捕されたことをどういう訳か聞きそこなって、ホテルで苛々と心配しながら帰りを待っているのだろう。

それに、あんな服装をして白昼、ボーイに鍵を出してくれと頼むのは如何にも滑稽だった。でもボーイがびっくり仰天した顔をした時、どうしてそんな顔をするのかぼくにはまるで分からなかった。ただ単に着てる物だけのせいじゃない——そうぼくは痛切に感じた。支配人がいて、猿みたいにぺこぺこしていた。どうやらすっかり冷静さを失ってしまったような様子だった。ずいぶんがさつな言い方ながら歓迎の言葉が、次から次と支配人の口をついて出た。しばらく何を言われてるのかぼくはよく分からなかったが、最後の一言は意味の取り違えようがなかった。

「サー・ピーター、お気が変わったご様子で大変嬉しく存じます。そんなにお早くカプリを出て行かれるなんてことはございますまいと思っておりました。こんなに素晴らしいカプリを！」

この男、一体何を言ってるんだ。気が変わったって？　ぼくは服を替えたいだけだ。

件《くだん》の事務員氏がイタリア語でさっさと簡単に説明してくれた。ぼくは支配人が目を上げて、戸口にいる明らかに刑事と分かる二人の男の方を見た時には、顔面をなぐられたような気がした。

「私は存じません」と支配人は急に不安げに言った。「何のことか全然分かりません」と言って、大急ぎで自分の机の方へ行ってしまった。

「あたしたちのガイドさんはどこにいるの」とルーが大声を出した。「あの人にすっかり訳を話してもらわなくちゃ」

支配人は俄《にわか》に真面目くさった態度になった。

「奥様のおっしゃるとおりでございます」と支配人。

しかし、こんな愚にもつかぬ言葉を吐いても、心の中は、言ってみればはね上げ戸を通り越して針のむしろみたいなものが敷きつめてある地下室に急に落っこちて行ったような気持ちになってることは隠しようがなかった。

「何か手違いがございましたようで」と支配人がつづけた。「ええと」

それから机に向かって坐っていた女の子にイタリア語で声をかけた。女の子は抽斗《ひきだし》の中を探して、電報を取り出した。

支配人がそれをぼくに手渡してくれた。ラロシュ宛になっていた。

――キウヨウアリ　ヨル　ローマニタツ。セイサンシ　ニモツ　マトメテ　ヒルノキシヤ
　ニノレ　ナホリノムゼオ　パラス　ホテルテ　オチアフ。ペンドラゴン

　あちこち言葉が間違ってはいるものの意味は十分に分かった。誰かが悪戯《いたずら》をしてるに違いない。あの新聞記事も多分、悪戯だったのだ。ラロシュはどうしてぼくらが姿を現わさないのだろうと思いながらナポリのホテルで待っているのだ。

「でもあたしたちの荷物はどこなの」とルーが叫んだ。

「おや」と支配人が応えた。「奥様のガイドさんがいつものように宿泊費を清算して下さいましたので、召使いたちに手伝わせてお荷物をまとめさせました。ガイドの方《かた》はなんとか朝のボートに乗られたようですが」

「でも、それは何時のことなの？」とルーが大声をあげ、電報をじっと見つめた。

　ぼくらがホテルを出でから二、三分もしない頃に電報が届いたものと思われる。

　さきほどの女の子が支配人宛の別の電報を見せてくれた。

――サーピーター　ナラヒニ　ペンドラゴムフジンハ　コノヤウニ　キウニ　タビタツコトヲ　サンネンガツテ　イラシヤル　カリグラ　ニテ　スゴサレタ　タノシイ　トキヲ　オフタリハ　イツマテモ　オワスレニナルコトハナイタロウ　ソシテ　テキルカギリハヤイ　ウチニ　マタ　イラツシヤリタイト　オオモヒニ　ナルコトテ　アラウ。シヨウサイ　ハ　ガイドカ　タントウ　スル

このごた混ぜの文章の中には事実が一つ隠されているのではないか、という考えが急にぼくの心に浮かんだ。ガイドは如何にもガイドに相応《ふさわ》しく細かい仕事をよくやってくれていた。チェスで難しい局面を迎えた時、次第に見通しが立って行くみたいに、ルーの心には要点がすーっと呑み込めたようだった。その表情は飽くまで、冷たく激しい怒りを秘めて真っ青だった。

「あの人、パリで私たちを見張っていたのにちがいないわ」とルーが言った。「あの人に欺《だま》しとられる筈だったお金を私たちが使ってしまったのを知って、宝石やら残りの現金を盗《と》ってし

まうのが一番いいと思いついたのよ」

ルーは突然、崩れるように坐りこんだ。そして泣き出してしまった。次第にその泣き声はヒステリックになって、やがてけたたましい声になったので、支配人は近所の医者を呼びにやった。

大勢の召使いとお客が二、三人、ホテルの大広間に集まっていた。手荷物を運ぶ係のボーイが今や時の人となっていた。

「ええ、間違《まつげ》え無いす」とボーイは誇らしげに片言の英語を喋っていた。「ラロシュさん、今朝七時のボートでたったよ。とても追いつけっこない思うよ」

ここ二、三時間、事件の連続でぼくはもう立ち直れないくらい参っていた。ぼくは領事館の事務員氏のほうを振り向いて喋った。ところがその声ときたら、ぼくが出しているというよりもぼくの中にいる動物が出しているという感じだった。ペンドラゴンの原形とでも言ったら分かってもらえるだろうか。つまり、衝動的な本能と、自動的にものを考える道具をもった動物という感じなのだ。

「どういうことか分かるでしょう」ぼくはまるで他人が喋るのを聞いてるような気分だった。

「パスポートも無し、現金も無し、衣類も無し、何も無しだ！」

ぼくは自分のことを三人称で「彼」と言っていた。このホテルに関する限り、あらゆる人の生活と活動が機械的に停まってしまっていた。ぺらぺらと噂話にうつつをぬかす連中は蚊の大群みたいなものだ。

例の事務員氏は情況をよくのみこんでいた。しかし、刑事たちの方がすっかり疑念を深めたことはぼくには分かった。連中はぼくをその場で逮捕したくてうずうずしているのだ。

事務員が刑事と延々と大声で議論していた。支配人氏はカプリで一番不愉快な思いをさせられた男といった風情で浮かぬ顔をしていた。支配人はこの世には誰も自分の言うことを聞いてくれる者がいない、とばかりに言葉には出さずに天に向かって抗議した。

後ろには医者を従えて、女中に腕を支えられた恰好でルーが再び姿を現わすと、また現場が活気をとり戻した。医者は、また死神に出くわしたが、はらわたをえぐり取ってやった、というような顔つきをしていた。

ルーはひどく震えていて、蒼ざめたり紅潮したりを交互にくり返していた。ぼくをこんな騒ぎに陥れたのは外ならぬこのルーなのに。

「それでは」と事務員氏。「もう領事館に帰って、事情を説明しなくてはいけませんね。気を落とさないで下さい、ペンドラゴン夫人《さん》。あの男がもう二、三時間もしないうちに捕まるのは間違いないことですから、そうすればあなたの持ち物も返ってきますよ」

もちろん、ぼくだって、事務員氏が本気でそんなことを言ってるんじゃないことくらい分かる頭はあった。「蛇《じゃ》の道はヘビ」という諺はイタリアの場合適用しやしない。ただし盗むに価する泥棒がいるのなら、それはまた話は別だが。

その晩はナポリにもどる船はなかった。朝まで待つしか仕方がなかった。支配人がいたく同情してくれた。服を持って来てくれたが、その服は、いつもぼくらが着ているのとは違ってはいたけれども、少なくともそれまで身につけていたひどい服よりはずっとましだった。また、シャンパンがたっぷり添えられた特別の夕食をたのんでくれて、ホテルで二番目に立派な部屋《スイート》でもてなしてくれた。

生まれながらのイタリア人らしい直感で、ぼくらをいままで泊まっていた部屋には入れない方が良いと判断したのだ。

時折、部屋に顔を出しては、お元気ですかとか、ラロシュ・フェクリーズ氏を捕えるように電報で手配しましたよ、とぼくらを安心させようと声をかけてくれた。

ぼくらは夕方のうちに、随分飲んで酔いはしたけれども、ちっとも気持ちは盛り上がらなかった。ショックがあまりにも大きすぎたのと、幻滅があまりにもひどすぎたためだ。とくに、今までぼくらの人生を支えていたものが、すっかり失くなってしまったのが大きかった。つまり、お互いに愛し合っているという気持ちが。

愛情は、まるで手荷物の中に詰められてしまったみたいに、すっかり失われていた。二人の間で心を触れ合わせることができそうになったのは、ルーが情無いくらい少量のヘロインとコカインを取り出した時だ。

「これで全部なのよ」とルーが心を痛めて言った。「また手に入るのは何時《いつ》になるのかしらね」

おまけに、ぼくらはそれが没収されるのじゃないかと非常に恐れた。警察とひと悶着おこして激しい不安に悩まされていたし、それに、副領事がぼくらを裏切って、お前たちの話なんてどう見たって嘘だなんて言い出しやしまいかと疑心暗鬼にさえなっていた。

朝は肌寒かった。ぼくらは麻薬の反応で震えていた。ぐっすりと朝まで眠りはしたが、恐ろしい夢ばかりみた。

ぼくらは甲板にさえ立っていられなかった。寒すぎたし、海も波が高かった。船室へと降りて行って、ぶるぶる震えていたが、船酔いにまでなってしまった。

領事館に到着した時には、二人ともすっかり参っていた。しかし、小さな幸運がぼくらを待っていてくれた。荷物がソレントのとあるホテルで見つかったのだ。言うまでもなく金目のものはすっかり、あの抜け目のないフェクリーズの奴が抜き取っていた。あの麻薬も勿論《もちろん》やられていた。

でも、とにかくパスポートはあったし、着る物も多少はあった。それに何と言っても、荷物が見つかったということは、ぼくらの話が本当だったということになる。

副領事はえらく親切にしてくれて、一緒に署長のところまで行ってくれた。署長は丁重にぼくらを釈放してくれたけれども、英国人はどいつもこいつも頭がおかしいという確信を強めて、もしどうしても旅行しなくてはいけないのなら、特にこの二人は乳母車で旅行した方がいいと言わんばかりの態度だった。

英国から電信でお金を送ってもらうのに三日かかった。ナポリを歩き回るというのはなんとも屈辱的なことだった。ぼくらは低級このうえない映画に登場する息抜きの場面さながらに、笑い物にされているような気がした。

十分にやっていけるだけのお金は借りた。もちろんお金の使い道は一つしかない。英国人など滅多にやって来ない小さなホテルに泊まり、夜になると薬《ヤク》を買いにそっと抜け出して行った。

これだけでも、もう十分にみすぼらしい話で、とんだ災難というところだ。いわゆるガイドの中でも最低の奴が絶えずぼくらと一緒だった。うんざりした気分でぼくらは汚らしい怪しげな街を次から次へと足をひきずって歩いた。くず拾いみたいな恰好の男と声をひそめて長々とやりとりしたり、法外な値段で、しかも恐喝とかひょっとするともっとひどい目に遭うかも知れない危険まで冒して、色々な役にも立たない粉をたびたび買い求めたりした。

しかし、なんとしてもあれを手に入れなくてはいけないという思いで、ぼくらは向こうみずにもさらに探し求めた。そしてやっとのことで正直な売人《ディーラー》を見つけ出して、本物の薬《ヤク》を少しばかり手に入れた。

しかし、ヤクをやっても一向に元気が戻らなかった。大量にやっても、ぼくらはごく普通の状態、つまり薬をやる前の状態と殆《ほとん》ど変わらないありさまだった。二人とも、さながら大戦後のヨーロッパといったていたらくだった。

ぼくらに出来ることと言えば良くも悪くもせいぜい、自分自身に、またお互いに、さらにナポリにも人生というものにも愛想をつかすことくらいしかなかった。

ぼくらの愛は、溺れている二人の人間のように互いにしがみつき合っていた。ルーとぼくは、英国に帰ろう、それもできるだけ早く帰ろうと堅く誓い合って手を握りあった。

ぼくはもうそれだけで倒れてしまったかも知れないような状態だったのに、またしてもルーのお蔭でもちこたえることができた。ぼくらは旅行会社に行って、すぐその場で切符を買った。

ぼくらは這《ほ》う這《ほ》うの体《てい》でロンドンへ帰ることにしたのだが、ロンドンに帰れるのなら何でもいい！


（地獄篇に続く）

本書は、『アレイスター・クロウリー著作集』第三巻、「麻薬常用者の日記」（一九八七年七月刊）の改訳新装版です。

著者　アレイスター・クロウリー　Aleister Crowley（1875-1947）
イギリス（イングランド）のオカルティスト、魔術師、作家、詩人、登山家。ケンブリッジ大学在学中に「黄金の夜明け団」に入団。その後世界各国遍歴の旅に出、神秘主義結社を開設して数多くのオカルティズム文献を著述した。

訳者　植松靖夫　Yasuo Uematsu
上智大学大学院博士後期課程修了。現在、東北学院大学文学部教授。訳書に『ヴィクトリア時代ロンドン路地裏の生活誌』（原書房）、『西洋博物学者列伝　アリストテレスからダーウィンまで』（悠書館）、『心霊博士ジョン・サイレンスの事件簿』（東京創元社）などがある。

麻薬常用者の日記

〔新版〕

I 天国篇

2017年10月20日　初版第1刷印刷
2017年10月25日　初版第1刷発行

著者　アレイスター・クロウリー

訳者　植松靖夫

発行者　佐藤今朝夫

発行　株式会社国書刊行会
東京都板橋区志村1-13-15
電話03(5970)7421　FAX03(5970)7427
http://www.kokusho.co.jp

装幀　小林剛（UNA）

印刷　三松堂株式会社

製本　株式会社ブックアート

ISBN978-4-336-06215-4

アレイスター・クロウリー著作集
全8巻

アレイスター・クロウリー 著
フランシス・キング 監修

20世紀初頭のオカルト・シーンに君臨し、その強力な黒魔術と恐るべき世界終末のヴィジョンによって〈黙示録の野獣〉の名をほしいままにした、20世紀最大の魔道士アレイスター・クロウリー。その過激な思想と幻視は、同時代の文学者をはじめ、ロックやカルト・シネマの巨人たちにも大きな影響を与えつづけている。その代表的著作5巻に、彼の全体像を知る上で不可欠の研究書3巻を別巻とした魔道参入の決定版。

1　神秘主義と魔術
島弘之 訳（品切）

2　トートの書
榊原宗秀 訳（再刊）

3　麻薬常用者の日記
植松靖夫 訳（再刊）

4　霊視と幻聴
飯野友幸 訳（品切）

5　777の書
江口之隆 訳（再刊）

別巻1　クロウリーの魔術世界
山岸映自 訳（品切）

別巻2　クロウリーの魔術日記
江口之隆 訳（4800円＋税）

別巻3　クロウリーと甦る秘神
植松靖夫 訳（3800円＋税）

法の書

アレイスター・クロウリー 著
島弘之／植松靖夫 訳

人類滅亡の前兆か？　相次ぐテロと紛争、危機を孕む世界情勢のもとで出版された超弩級の霊界危険文書。全世界を血と炎で浄めるべく地球外生命体エイワズが20世紀最大の魔術師に授けた驚異の黒魔術バイブル。

（1900円＋税）

トートの書〔新装版〕

アレイスター・クロウリー 著
榊原宗秀 訳

20世紀のオカルト・シーンに君臨したアレイスター・クロウリーが、驚くべき博識を散りばめつつタロットの謎を解明。クロウリー著作集から、反響にお応えして新装版で登場。

（3400円＋税）

777の書〔新装版〕

アレイスター・クロウリー 著

江口之隆 訳

世界各地の多様な密儀の言語を、数という普遍的象徴に翻訳し、神秘の奥底に迫った〈魔術的アルファベット論〉を開陳。クロウリーの魔術哲学の中核をなす〈万物相互対応〉一覧を提示した隠秘学の金字塔、待望の復刊。

(3800円＋税)